白神话

山海经燃事

4 双耳挂蛇的禺虢

沈启◎著　李欣怡◎绘

孔學堂書局

角色介绍

禺虢

有着人一样的面孔，飞鸟一样的身子，耳朵上永远挂着两条黄蛇，脚下踏着的两条黄蛇是他的坐骑。

阿海和阿洋

尧的儿子丹朱的后代，生活在南海，以捕鱼为生，长着人的面孔、鸟的翅膀和鸟的嘴巴，翅膀用来当拐杖。

小溪和小牧

大人国的少年，身高三丈有余，走起路来脚下生风，村民行一月的路程，对他们来说，也就是一天的路程。

当康

像小猪一样的瑞兽，长着长长的大獠牙，锋利的牙齿露出嘴唇，它的叫声就是自己的名字。但凡它出现的地方，当年会大丰收。

孙北

大幽国人，长得跟普通人的样貌一样，只是他的小腿是红色的。喜欢种植花草，对各种花卉情有独钟。

序

儿童最好的生命养料

经朋友介绍，有幸认识沈启老师。首次相见，一起吃饭，沈启老师向我简要介绍了以《山海经》为写作素材创作儿童文学作品的事情。在他绘声绘色的讲述中，我能感受到沈老师对古典文学浓厚的兴趣和对文学创作的极大热情。我虽然是中文系毕业，并且多年教语文，但很惭愧没有通读过《山海经》。

后来，沈老师将电子版书稿发给我，希望我写一篇序言。我诚惶诚恐，一来我不是名家大咖，二来儿童文学不是我主要研究的领域。但沈老师让我写序，是对我的信任，而且我们都是山西人，如果能帮一点忙，那是很荣幸的事。更主要的是新教育实验一向很重视儿童阅读，所以，就权当这篇文章是我这个后学者学习沈老师著作的心得体会。

书籍是儿童成长最重要的精神营养。读书不仅有助于儿童养成正确的人生观、价值观和世界观，而且对他们后期的学习乃至终身发展都有深远的影响。大量读书，不仅能激发阅读兴趣、培养阅读习惯、提升阅读能力，而且能丰富知识、增长见识、陶冶情操、增强想象力和联想力。爱阅读的孩子，往往爱学习，勤思考，善钻研。所以，童书对儿童健康成长有极其重要、不可忽视的价值。

新教育实验非常重视儿童阅读。朱永新老师说，“一所没有阅读的学校永远不可能有真正的教育”“阅读，是教育的基石；阅读，也是新教育实验的基石”“营造书香校园是新教育十大行动之首，也是新教育最为基础、最为关键、最为重要、最有特色的行动”。新教育专门成立了新阅读研究所，研制中小学生阅读书目，开发了“晨诵午读暮省”课程。朱永新老师还认为，“一个人的阅读史就是他的精神发育史”“阅读是个体生命走向幸福完整的必由之路”。

我的成长就受益于童书。回忆起童年，最美的时光是阅读连环画的时候。二十世纪八九十年代的山西农村，没有电子产品，没有手机，没有电子游戏，甚至连电都是到了晚上才有。父亲是语文老师，所以重视我的阅读，经常从学校的图书馆借回大量连环画和图书供我阅读。我阅读一本本连环画，沉浸在奇妙、古老、动人的故事中，超越现实环境，神驰古今中外，常常忘记吃饭和休息。用今天的话来说，处于心流状态。我正是在这种无功利的阅读中潜移默化地塑造了价值观，懵懵懂懂地知道什么是对的，什么是错的，什么是应该做的，什么是不应该做的。在这种有趣味的阅读中，增加了识字量，培养了阅读的兴趣、阅读的习惯和一定的阅读能力。从小学到大学，我最喜欢的就是语文课，从来没有为写作文发愁过。后来，我高中学文科，大学读中文系，乃至硕士、博士一路读下来，都与童年时培养的阅读兴趣和阅读习惯有密切的关系。

童书对于儿童生命如此重要，但当下儿童的阅读现状并不乐观。一方面是学校过量地作业挤占了阅读的时间，另一方面是无处不在的电子产品吸引了儿童的注意力。儿童自控力差，很难抵抗电子游戏、短视频的吸引，不少儿童在家抱着手机，沉迷于电子游戏和短视频，有的甚至深陷其中，不能自拔。长期沉浸手机，满足于感官的刺激，就越来越难有耐心阅读纸质书籍，难有沉浸式的深度阅读体验。

因此，为儿童创作优质的童书，让儿童摆脱电子产品的束缚，投入阅读中，不仅有深远的意义，更是现实的迫切需求。从这个角度讲，沈老师的这套神话故事丛书，可以说是又为全国的青少年增加了丰盛的精神食粮。

沈老师笔下的故事充满魅力，有宝贵的价值。现实与神话结合，古典与现代交织，对儿童有很强的吸引力。比如《阿健和人鱼》描写了阿健救母的动人故事。阿健曾经过着无忧无虑的生活，但突如其来的瘟疫让妈妈身患重症。为了能治好妈妈的病，阿健进深山，访名医，学游泳，上海岛，战海盗，救人鱼，最终治好了妈妈的病。故事语言生动形象、描写细腻，故事情节充满幻想、可读性强。从教育功能看，这个故事传递了孝敬父母的传统美德、不畏艰难的坚强意志、保护动物的生态观念，弘扬了中华民族的传统美德。儿童阅读这样的故事，有助于在潜移默化中增强文化自信，塑造正确、健康的价值观。

在众多的童书中，沈老师的童书有鲜明的独特性。童书中，有《男生贾里》这样的校园小说，有《草房子》这样的成长小说，有《汤姆·索亚历险记》这样的冒险小说，有《苏武牧羊》这样的历史小说，有《夏洛的网》这样的童话小说，有《地心游记》这样的科幻小说，还有《第七条猎狗》这样的动物小说。沈老师塑造的故事融历史、传奇、神话于一体，其中的动物、人物形象取材于志怪小说《山海经》。这样独特的构思，不仅使故事有了厚重感，增加了奇幻的色彩，而且有利于激发儿童对古典文学的好奇和兴趣。也许，有的孩子会通过阅读这本书而埋下阅读甚至研究《山海经》的种子，从而在潜移默化中培养热爱中华优秀传统文化的情感。从这个角度讲，这本书为传播古典文学提供了新的思路。正如最近比较火的游戏《黑神话：悟空》，其大量人物造型取材自山西等地的寺庙雕塑，激发了大众对古建筑的兴趣，带动了当地文旅产业的发展。由此也给我们启发：传统文化是储量丰富的资源库，是最能引发大众共鸣的话题，是激发创作灵感的点金石，如何创新运用，值得文艺创作者探究。

这套丛书既适合家长购买给孩子阅读，也适合学校的老师们用来给学生开发儿童阅读课程，如此，更能发挥书籍的作用和价值。我相信，孩子们一定会非常喜欢。最后，期待沈老师能继续为孩子们创作出更多优秀的童书，成为儿童文学界的又一座高峰！

郝晓东

（博士，新网师执行主任）

Contents 目录

双耳挂蛇的禺虢

讙头国的少年

猰牙兽当康

赤胫人孙北

双耳挂蛇的禺虢

禺　虢 《山海经》之大荒东经

原　文 东海之渚中，有神，人面鸟身，珥两黄蛇，践两黄蛇，名曰禺虢。黄帝生禺虢，禺虢生禺京。禺京处北海，禺虢处东海，是为海神。

译　文 在东海的一个岛屿上，有一位神，长着人的面孔，鸟的身体，耳朵上挂着两条黄蛇，脚下也踩着两条黄蛇，名叫禺虢。黄帝生了禺虢，禺虢生了禺京。禺京住在北海，禺虢住在东海，他们都是海神。

一、禺虢天生大大咧咧

禺虢虽然坐上了东海海神的位置，坐拥浩渺无垠的水域，手握波涛之力，但他那自由不羁、随性散漫的性格，始终未曾改变。

天帝对禺虢的行为可谓是费尽了口舌，无数次苦心劝导他，希望他能收敛起这份过于放任的性格，严谨地履行作为海神应有的职责。

面对天帝的教诲，禺虢总是点头应承，嘴上连声说着

“好”“行”，可一旦离了天帝，那些郑重其事的承诺，便迅速被他那随风而动的本性吞噬了。

禺虢本性善良，没有一丝一毫害人之心。但他大大咧咧、无所顾忌的性格，使得他在处理事务时往往欠缺深思熟虑，导致许多原本可以顺利解决的问题经过他的手之后，都变得错综复杂，让人备感困扰与痛苦。

他无意间的疏忽大意，有时会给无辜的生灵带来意想不到的麻烦，这让天帝头疼不已。

天帝深知禺虢并非存有恶意，但无奈于他的行事风格，总是在关键时刻给众人带来困扰。

打鱼的渔民返航了，连日出海使得大伙儿捕获了不少鱼类。

有肥美的鳕鱼，活泼的鲅鱼，肉质鲜嫩的鲈鱼，肉可药用的马面鱼，金黄夺目的大黄花鱼，宛如穿着金色舞裙的金昌鱼，以及珍贵稀有的石斑鱼，体型修长如刀的秋刀鱼，营养丰富的鲷鱼和适应力强的带鱼等。

在渔把头阿海的带领下，大伙儿船舱里的鱼都装得满满的，每个人脸上都洋溢着丰收的喜悦。

禺虢巡海巡到这里，恰巧看到了渔民们，也为他们的满载而归感到高兴。他决定对着渔民的篷帆轻轻吹一口气，助他们一臂之力，让渔船加速，渔民们好早点回家见到亲人。

谁知道这禺虢吹着吹着就起了玩心，仿佛回到了无忧

无虑、随性而为的童年时光。

他不断加大风力，使得海面上的渔船在风的推动下疾速行驶，速度越来越快，原本平静的海面瞬间波涛汹涌、风急浪高。

船上的渔民们被这突如其来的狂风巨浪吓得面如土色，收获的喜悦顷刻间荡然无存。

他们紧紧握住桅杆，全身绷紧，目不转睛地注视着风向的变化，心中充满了恐惧和担忧，生怕风再大一点船就倾覆了。

好在禺虢玩一会儿后看到海面上东倒西歪的船只，这才意识到了问题的严重性，立即停止了吹风。刹那间，风势渐缓，海浪也逐渐平息下来，渔船终于得以平稳前行。

禺虢就是这么一个喜欢玩、任性的神。

二、庄稼耷拉着脑袋

干涸已久的山坡上，庄稼们无精打采地耷拉着脑袋，一幅萎靡不振的景象。这都快两个月了，没有一滴雨。

野花也难逃干旱的魔掌，低下了骄傲的脑袋，花瓣边缘已泛黄干燥，只有中间的花蕊还在咬牙盼着雨水的到来。原本应该翩翩起舞的蝴蝶，现在一只也没有，更别说有蜜蜂来采蜜了。

树林里的树木也蔫蔫的，没有了枝叶茂盛郁郁葱葱的精气神，显得疲倦不堪，丧失了那份雄伟的气质。

树与树之间彼此都沉默着，叶片卷曲，树干黯淡无光，如同战场上被俘虏的士兵，个个低头不语，无声地承受着苦难。

爱撒欢的小羊也不再活泼灵动，无奈地咩咩叫着，寻找着早已消失的青草和水源。

一群山民对着天空不停地念叨着，祈求雨神的降临，期待那久违的甘霖能解救这片焦渴的土地。

天庭之上，巡视小厮目睹此情此景，迅速将旱情报告给了天帝。

天帝闻讯后，立即传唤了海神禺虢，命他速去人间布云施雨，解救生灵于水深火热之中，以此建立功业。

禺虢有着人一样的面孔，飞鸟一样的身子，耳朵上永远挂着两条黄蛇，脚下踏着的两条黄蛇是他的坐骑。

他在接到命令后，毫不犹豫立刻破空而去。他的内心充满了善良与同情，看到满目疮痍的大地和焦枯的庄稼，他急忙降下雨露以滋润大地。

但他只降了三天毛毛细雨，他怕大雨冲毁农田。可是他下的那点雨，虽然短暂缓解了旱情，但随着阳光的炙烤，土壤中的水分迅速蒸发，一切又恢复到了原有的干旱状态。

庄稼再度耷拉起了脑袋，地里的昆虫也是有气无力地鸣叫着，那场让生灵们满怀希望的雨水，仅仅湿润了地皮，便悄然消失了。

巡视小厮看到这场景后，将实际情况如实上报给天帝。天帝随即召见了禺虢，告诉他此前的降雨量明显不足，并未真正起到缓解旱情的作用。

面对天帝的责问，禺虢诚恳地表示歉意，并坚定地许下承诺，这次他定会全力以赴，确保庄稼不再遭受干旱之苦。

三、雨水冲毁了庄稼

第二天，黎明的曙光还未穿透天际，山林还在沉睡之中，禺虢已经悄然来到了山坡的上空。他的身影在云端若隐若现，他决定要弥补自己上一次的过错，于是用手轻轻一挥，对着庄稼、小草、树木，开始了一遍又一遍的施雨。

“唰唰”落下的雨，对久旱的禾苗来说，就是甘霖，高粱、玉米、土豆、南瓜，这些山坡上的农作物，尽情地吮吸着雨水。路边的小野花也在雨水中渐渐苏醒，蜷曲的叶子开始舒张了，仿佛刚刚睡醒的孩子缓缓睁开眼睛，凝望着雨幕中那一派盎然生机。

杨树、柳树、核桃树，各种树木上的叶子，也变得清亮起来，灰尘消失不见了，树木们一个个精神抖擞地立在那里。

山里的村民聚在屋里，女人们唠着家常，男人们端着酒杯，一起看着窗外的雨，开心地笑着。好久没有这么热闹了。

禺虢悬浮在半空中，俯瞰着这一切，带着满足与安宁，沉浸在这由衷的欢愉之中。然后，他安然地进入了梦乡，

雨一连下了好几个星期，雨势也越来越大，禺虢忘了适可而止的道理。山洪从沟里泄出，冲垮了农田，好多庄稼也被流失的水土冲刷而走。

当禺虢醒来的时候，山坡上一片狼藉，只剩下少许庄稼还倔强地立在那里，其余大部分庄稼都被冲毁了。

山民们的脸上挂着悲伤的神情。

禺虢现在也不知道自己该哭还是该笑，他懊恼自己总是拿捏不好做事的分寸，看似简单的事都办不好，好心办坏事。他陷入了深深的自责中。

大殿里，天帝走下龙椅，拉着禺虢的手。天帝对禺虢是又爱又恨，爱的是自己知道这孩子没有坏心眼，恨的是这孩子做事总把握不好分寸。命他布雨拯救旱情，不是下得少旱死，就是下得多涝死。这让老百姓怎么活?

天帝告诉禺虢，做事的度和做人的度一样，需要用心把控。这就像弹簧秤，不拉开，看不出几斤几两；但若用

力过度，弹簧秤就废了。

事情做过了，会伤人，也会害己；事情做得不到位，就不能达到好的效果。禺虢认真听着天帝的教诲，似懂非懂地点了点头。

四、鱼鹰的故事

又过了几天，天帝出去巡游，他带禺虢去了一个地方。在一块大岩石上，天帝用影像的方式，把过去发生在这里的事，用记忆拉回来，一幕一幕映在岩石上，让禺虢看看别人是怎么把握做事尺度的。

海岸边曾经住着三户打鱼的人家，每家都养着十来只鱼鹰，他们靠鱼鹰捕鱼为生。

鱼鹰的喉咙下面有一个天生的喉囊，可以把捕捉到的鱼储存到这里。渔民为了不让鱼鹰把鱼直接吃到肚子里，便在鱼鹰的喉囊下端扎上一根扎实的水草，这样就能让鱼鹰把捕到的鱼吐到渔船上。

其中有一个个子高的渔民，他是一个大大咧咧的人，做什么事都随随便便的。

他给鱼鹰的脖子系水草，系得松松垮垮的。这下就便宜了这些贪吃的鱼鹰，不论大鱼小鱼，统统都进了它们的肚里。

高个子渔民能从鱼鹰嘴里抢下来的鱼少得可怜，所以他就只能勉强维持生活。捕不到鱼自然就卖不下钱，所以他的生活一直在贫困线上挣扎。

还有一个矮个子的渔民，他是一个精于算计的人，他把好多事都算得分毫不差，生怕别人占了便宜。

他把鱼鹰脖子上的水草系得紧紧的，导致不论大鱼小鱼都进不到鱼鹰的肚子里。鱼鹰捕到鱼，只能乖乖地全部吐到渔船里。

刚开始他的收成确实不错，三个渔民就他捕的鱼最多，鱼鹰捕捉的无论大鱼小鱼，全部归他所有。

但是，他的鱼鹰因为吃不饱，先后被饿死，他又成了最惨的那个渔民，只剩下孤零零的渔舟。

还有一个不胖不瘦的渔民，他把捆鱼鹰脖子的水草系得不紧也不松。鱼鹰抓到小鱼刚好吃下，抓到大鱼便吐到船舱里，想吃也吃不进去。这个渔民每天都会把鱼鹰捕到的鱼拿到集市上去卖。因为每天都有可观的数量，而且长年累月不间断，最终他成了三个人里最富有的人。

通过三个渔民的故事，禺虢终于明白了怎么做事才能有最好的效果。

五、两只乌龟较劲

海岛上很安静，只有海浪哗哗冲刷岸边的声音，这孤独的、轻轻的声音，更显出海岛的寂寞。

成群的海鸟在天空中翻转，一会儿东一会儿西，不知它们是在找什么东西，还是在玩游戏。

两只乌龟在海滩上对峙着，一只想爬过去，另一只则挡着不让走。

原来，挡路的乌龟丢了一只蛋，这附近没有任何人和动物，只有这只想过路的乌龟经过，所以挡路的乌龟认为是这只乌龟偷了它的蛋。

想要通过的乌龟满脸委屈，争辩说不是自己偷的。可那只挡路的乌龟就是不让它通过，说除非它能证明自己没有偷。

自己见都没有见过它下的乌龟蛋，如何证明自己没有偷？想过路的乌龟越想越生气，把脑袋缩回了壳里，准备用全身的力气去把挡路的乌龟顶翻，然后再通过。

“太气人了，真是胡搅蛮缠。”想通过的乌龟一边想着，一边已经把身子俯了下去。

眼看战事即将发生，正在巡海的禺虢看到了这一切，便主动想办法解决这两只乌龟遇到的问题。

他仔细观察周围的动静，发现有只黄鼠狼正把乌龟蛋抱在怀里，藏在一块礁石下面。原来都是黄鼠狼捣的鬼。

禺虢把黄鼠狼捉到了两只乌龟面前，说明了情况，挡路的乌龟急忙向过路的乌龟道歉。

两只乌龟握手言和，又都举起前肢向禺虢表示感谢，禺虢的心里不由得升起一丝快乐。原来帮助别人，自己的心情也会变得愉悦。

后来，天帝身边的小厮告诉禺虢一个秘密：只要多帮助人，他耳朵上挂的蛇的颜色就会一点一点变红。

处理的事情多了，认知高了，禺虢就可以掌握做事的分寸了。同时他耳朵上的蛇也会变成全红的。

禺虢在天帝的教导下，在实践中慢慢地成熟起来。原来禺虢身上散漫、自傲等缺点，也慢慢消失了。就像矛和盾，此长彼短，这在禺虢的身上表现得最明显。

六、山林着火了

山上是成片的树林，因为有了树林的遮挡，狍子、野鸡、野猪，还有老虎和狼，就有了栖息之地，这就像人有了房子、有了家一样。

山民们上山打猎，既是乐趣，又是生活所需。山、树林、动物、山民构成一体，谁也离不开谁。

山民的房子就建在山脚下，周围的巨树把房子围了起来，满眼的绿，让人赏心悦目。

夜晚，在月光的照耀下，山林显得很幽静，动物和人都已相继入眠。

忽然，不知道谁喊了一声“着火了”，远远望去，树林里的火就像火幕一样，烧着了一大片树木，树枝被烧得噼啪作响。

山里动物的嚎叫声，村里鼎沸的人声，还有此起彼伏的狗叫声，让整个山村乱作了一团。

禺虢正在他的东海宫殿里赏夜景，忽然小厮来报，西南方的山上发生了火情。

禺虢掌管的地方是东海，他是东海的海神，西南方发生的事不属于他管。从职责范围看，他完全可以坐视不管，但是自打天帝几次对他的教导后，他明白了帮助人的快乐。于是，他立马站起身来，脚踏黄蛇义无反顾地启程去灭火了。

下雨了，开始下雨了，天空中落下的雨水，让山民们欣喜若狂。真是神灵保佑！

火一点一点地熄灭了，看到整个山林再没有一丝火焰后，禺虢悄悄返回了领地。不经意间，他看到自己耳朵上挂的黄蛇的皮肤又有一部分变成了红色。

七、喜欢看客人砍价

禺貒不当值的时候，喜欢换上寻常百姓的装扮，悠然漫步于热闹非凡的街市之中。

这里的喧嚣与繁华，与他那寂静的海底宫殿截然不同，熙攘的人群，琳琅满目的商品，小贩此起彼伏的叫卖声，都让他感受到人间烟火的魅力。

光在旁边看人砍价购物，就会给他带来很大的乐趣。

在这热闹的街市一隅，一家伞铺吸引了他的注意。只见一位客人指着墙上挂着的一把精致伞具，眼睛滴溜溜地打量着，对着店掌柜问道："这把伞我要了，多少钱一把？"

店掌柜笑盈盈地回应道："客官您眼光真好，这可是咱们店里上等的油纸伞，五两银子一把。"

客人听后微微皱眉，试探性地还价，道："五两太贵了，三两银子怎么样？"一边说着，一边伸出三根指头比划着。

店掌柜摇头晃脑，脸上依旧保持着和气的笑容，回道："三两实在是赔本了，最低也得四两五才能卖给您。"他伸出两只手，一手比划出四，一手比划出五，显然是在尽力争取利润。

客人略显为难，又故作要走的样子，继续砍价，道："四两五还是有点高，我最多只能出四两，你看这样行不行？"

最终，店掌柜权衡之下，欣然同意道：“那就四两成交吧！”

交易达成。禺虢海神饶有兴致地看着这一切，仿佛从中品味到了别样的乐趣。

接着，禺虢又信步走进了一家鞋店，店内同样有一位顾客，正在与店掌柜就一双鞋子的价格讨价还价。

“掌柜的，给我拿一双鞋看看，多少银子？”一位看上去很有钱的客人，身后还跟着两个伙计。他对各种面料的鞋子产生了兴趣，询问价格。

“客官，我们这鞋面材质多样，那要看你喜欢什么面料的，是要布做的，还是丝绸做的，还是草编的。每种材料的成本和工艺有所不同，所以价格也会有所不同。”店掌柜见状，耐心解释道。

客人和店掌柜你一句、我一句，两人你来我往，讨价还价，其间蕴含着微妙的对“度”的把握。

要价过高，客人可能因嫌贵而离去；要价过低，店家又难以接受。唯有当双方的心理价位交会在一个恰到好处的点时，买卖才能顺利达成，彼此才能皆大欢喜。

禺虢看着这一切，心中暗自感慨，生活中的点滴智慧，其实与自己在东海执掌法则，有着异曲同工之妙。

想不到这个禺虢还会融会贯通，把生活中的经验转变成自己的经验。

八、大船上的人生病了

在辽阔的东海上，一艘大海船犹如一叶孤舟，在浩瀚的海洋中顽强前行。

船上有二十多名船员，船舱深处，五六名病患横卧其中，个个面色苍白、神情萎靡，仿佛被某种无形的阴影笼罩着。

驾驶室里，船长凝视着前方无尽的海平线，紧锁眉头，脸上的神色如同这波涛汹涌的大海般深沉。

旁边的一位船员担忧地问道：“船长，我们该怎么办？船舱里的兄弟快坚持不住了，想不到这次瘟疫这么厉害。”

船长回过头来，无奈地说道：“现在我们离目的地还远，唯一能做的，就是祈求上苍赐予我们好运，遇到强劲的顺风，让我们提前抵达港口，这样兄弟们就有救了。”

“我听说在这片海域有一段航道极其复杂，只有在涨潮时才能通过，而且是我们的必经之路。这是不是真的？”那位船员又问道。

船长沉重地点点头，道：“是的，我们现在除了期盼好运降临，别无他法。”

周围寂静无声，没有风，没有翱翔的海鸟，只有那望不到边界的海水，以及笼罩在船员心头的阴霾。

为了防止瘟疫扩散，每名船员头上都裹着一块布，仅露出一双双疲惫而惊恐的眼睛。

这场突如其来的瘟疫像恶魔一样悄然登船，从第一个船员开始发烧、满脸长痘、喉咙肿痛，到现在已经有六人相继倒下，他们已经无法进食，只能依靠饮水维持生命。

那些尚未被感染的船员也惶惶不可终日，不知道自己下一刻是否会倒下，甚至葬身在这无边无际的大海之中。

就在这生死攸关的时刻，一阵微风突然吹起，一名船员欣喜若狂，他跳了起来，高喊道："起风了！"

另一名船员则兴奋地举起手，仰望天空，确认这一好消息。

所有尚能行动的船员都迅速聚集到甲板上，齐心协力拉起了船帆。随着风力的增强，海船开始加速前进，原本萎靡不振的气氛瞬间被冲淡，取而代之的是希望的光芒。

原来这一切都是禺虢在暗中相助。当时，这位东海的海神正在空中巡视他的领地，他发现了这艘艰难前行的大船，听见了船员们的哀求和祈祷，于是决定伸出援手。

禺虢运用自己的神力，小心翼翼地对着海面吹起阵阵顺风，并且根据船只行进的方向，不断调整风的方向，以免造成相反的效果。

他已不再是那个任性马虎的海神，他现在是以一种更加明智、更加仁慈的方式施以援手。

躺在船舱内的病患们听到甲板上传来的欢笑声和起帆时激昂的号子声，艰难地睁开疲惫的眼睛，心中燃起了生的希望，他们知道，他们有救了。

九、禺虢帮助大船通过

顺风顺水的航程是快，原本预计十天的航程，船员们仅用三天就顺利抵达了。

这艘承载着众多希望的大船，驶离了浩渺无垠的大海，来到了通往东边镇子的航道入口。这条航道，是所有船只往来的重要通道。每天都有不少小船穿梭其中，小船什么时候通过都没有问题，但是大船却并非任何时候都能畅通无阻地通行，唯有在涨潮时分，海水大量涌入航道，大船才有机会通行。否则，它们只能在航道口无奈地等待。何时能够通过，谁也无法预知，也许是一两天，也许是一个月，甚至更长的时间。

得知这个消息后，船员们原本喜悦的心情瞬间跌入谷底，仿佛被航道挡住了前行的步伐。

天空蓝蓝的，没有一片白云。海鸥发出清脆的鸣叫，盘旋着飞到了悬崖的顶上。

这是一个风和日丽的日子，可大家没有一点心情欣赏美景，他们现在需要做的，就是祈求上苍早日涨潮，这样船上生病的兄弟才能得到及时救治。

奇妙的是，就在大家默默祈祷的那一刻，海水似乎感受到了他们的期盼，悄然开始涨潮。

殊不知，这一切其实是禺虢所为，他秉持着帮人帮到底的信念，始终悄无声息地跟随着大船，直至关键时刻再次出手相助。

随着潮水上涨，不出一天时间，大船便顺利进入了镇子，患病的船员得到了及时诊治与休养，不久便恢复了往日的活力，个个精神焕发、生龙活虎。

禺虢帮助的人越来越多，他的事迹逐渐流传开来，人们对他充满了虔诚的敬仰与膜拜。

他在助人的过程中，对度的把握也有了深刻的感悟。

天下万物皆有其度，有些人做事之所以能成功，就在于他对事物的度拿捏得恰到好处。

度是经验与智慧的结晶，是成功与失败的分水岭。

它告诉我们，在生活的海洋中航行，既要懂得适时助力，也要懂得适可而止。这才是真正的智慧。

讙头国的少年

讙头国　《山海经》之海外南经

原　文　讙头国在其南，其为人人面有翼，鸟喙，方捕鱼。一曰在毕方东。或曰讙朱国。

译　文　讙头国在灭蒙鸟的南面，这个国家的人长了一张人的面孔，却长有两只翅膀，还有鸟的嘴巴，正好用来捕鱼。还有种说法认为讙头国在毕方鸟的东方。也有人认为讙头国也叫讙朱国。

一、兄弟阿海和阿洋

新鲜的鱼干是阿海的最爱，阿海还有一个爱他的哥哥阿洋。

阿洋比阿海大三岁，处处让着阿海，在各个方面都照顾着他。父母亲也特别宠爱阿海，因为他是家里最小的孩子。

阿海的妈妈生有六个子女，前四个是女儿，也就是阿海的姐姐们。别看她们是女儿身，可个个都是家中的得力助手，每天早出晚归，帮着家里打捞了不少新鲜的活鱼。

阿海最喜欢做的事，就是一家人去海边捕鱼，大家有说有笑，其乐融融。

海水轻轻拍打着他们的脚踝，带来丝丝凉意。蓝天白云下，海风轻轻地吹着大家的脸，海鸥在波光粼粼的海面上自由翱翔，偶尔低低掠过，引得大家一阵欢呼。

一条鱼在海边闲逛，又一条鱼也来凑热闹，后面还跟着四五条鱼，在这关键时刻，大姐以其敏锐的洞察力，捕捉到了绝佳的机会。只见她伸出带翅膀的手指，示意大家保持安静，各自找准位置，各就各位准备捕鱼。

下手的瞬间，大姐以迅雷不及掩耳之势，用她那锐利的鸟嘴，精准地啄住了鱼身。

随着海水因鱼儿挣扎激起的浪花声，其余家庭成员也纷纷行动，几个姐妹凭借高超的技艺，嘴里都叼了一条活蹦乱跳的鱼。

成功捕获猎物后，大姐兴奋地抖动着翅膀，脸上洋溢着胜利的喜悦。其他几个姐妹也不甘示弱，纷纷挥舞起翅膀，分享着这份丰收的快乐。

妈妈负责照顾全家人的生活，大家都把捕到的鱼统一给了她。

他们是讙头国的子民，长着人的面孔、鸟的嘴巴，还长有一对不用于飞行的翅膀。

“哥，你陪我去海边玩好吗？”阿海兴奋地说道。

阿洋上午在家里帮妈妈干活，累了一上午，刚刚坐下来想休息休息。

看阿洋无动于衷，阿海过去拉住了阿洋的手，撒着娇让阿洋走，阿洋看了看他，无奈地摇了摇头，拉着他去海边玩耍。

二、海面上有好多的船

在靠海的一个岸边，聚集着无数的小船，熙熙攘攘却又井然有序。这一幕热闹非凡的景象，说明谨头国渔民们即将出海捕鱼了。

谨头国渔民出海驾驶的小船有五米长，呈梭子形。一艘船上有六个渔民，他们的两只翅膀就是他们划船的桨，遇到顺风的时候，他们就会把翅膀竖起来，变成他们的帆。他们利用自身的灵力，在浩瀚的大海中自如穿梭，不畏风浪。

在这众多船只之中，有一艘长十米的大船，上面站着一位体格健壮的汉子。他的皮肤黝黑，面庞坚毅，是这群渔民的领头人。他手握一只硕大的海螺，每当他吹响这只海螺，发出深沉而有力的号令时，整片海域都会随之震动。

每条船上的渔民都配备了一只小海螺，当领头的汉子用他的大海螺发号施令时，所有渔民会立即把各自的小海螺放在耳边，使海螺的孔对着耳朵，利用海螺与海螺之间的磁场，接收声音。无论是风声、浪声，还是命令声，都能通过海螺准确无误地传达到每一位渔民的耳中。

夕阳的余晖洒在波光粼粼的海面上，映照出一片金色的希望。

阿海站在沙滩上，稚嫩的小脸洋溢着向往和坚定，他凝视着远方那片汇聚着船只的海域，眼中闪烁着憧憬的光芒。

他转头看向身边的哥哥，认真地说道："哥，等我长大了，我也要像那位汉子大哥一样，勇敢地驾驶着小船出海，给爸爸妈妈打捞回最肥最美的鱼儿。"

哥哥听罢，目光从远处的海面上收回，落在了阿海身上，眼神中充满了鼓励与慈爱。

他伸出手，轻轻地拍了拍弟弟瘦弱但充满力量的肩膀，微笑着说道："好样的，我们家阿海有志气，你这个愿望一定会实现的。"

说罢，他又将视线投向了那一片繁忙而有序的渔船队列。

兄弟俩在海边，忘记了平日里的嬉戏打闹，也忘记了拿着渔网在海边捞鱼的乐趣，他们痴痴地望着海面上聚集的小船，任由海风轻拂过他们的脸颊。

三、阿海偷看哥哥驾驶小船

每当夕阳西下，海边的渔船归航，阿洋的心就仿佛被牵引着，他渴望早点加入勇敢的渔民队伍，与他们一同乘风破浪，出海去捕鱼。

可是妈妈不同意，她心疼他年纪尚小，担心海上的危险超出他所能承受的范围，所以坚决不同意他早早出海捕鱼。在妈妈的眼里，阿洋还是个需要呵护的小男孩，她希望他长大一点再去。阿洋却觉得自己已经长大了，他已经具备了足够的毅力和面对挑战的勇气，他缺的只是一次证明自己的机会。

阿洋每天都会偷偷地来到海边，驾驶父亲留给他的小船以进行练习。他坚持独自在海面上摸索驾船技巧，努力掌握维持船只平衡的要领。

阿洋不知道的是，他每天出来的时候，阿海也偷偷跟着，他也想练习驾驶小船。

阿海虽然比阿洋年幼，但对哥哥的钦佩和向往让他也产生了无畏的勇气，他暗自决定要像哥哥一样学习驾船。

驾驶小船在水中行进，最大的技术难题是如何保持平衡，掌握不好，船不是打转就是倾覆。这天，正躲在礁石后边的阿海看到哥哥阿洋的船倾覆了，惊恐万分，他顾不

得一切高声呼喊，向哥哥飞奔而来。

所幸的是阿洋并未陷入危险，他很快从水中站了起来，湿漉漉的衣服贴在他身上，却愈加显露出阿洋的坚毅与顽强。

看着气喘吁吁、满脸焦急的阿海，阿洋不禁感到惊讶，同时心里也涌上一股暖流，他问道：“阿海，你怎么也偷跑过来了？你知道驾船是很危险的。”

阿海认真地看着哥哥，眼中闪烁着坚定的光芒，回答道：“哥哥，我看你每天都会悄悄出来练习，我也想跟你一起，我一直躲在礁石后面看你。哥哥你不害怕，我也不怕，我想和你并肩作战，一起去征服大海。”

听了阿海这番话，阿洋看着弟弟那稚嫩却又坚决的脸蛋，心中充满了感动与欣慰。他知道，他们的梦想是一样的，他们的勇气是可以相互激发的。

于是，阿洋点头答应。从此以后，兄弟俩便开始了一起练习驾船的日子，他们在彼此的支持与鼓励下，朝着心中的大海梦砥砺前行。

四、阿洋和阿海去小岛上玩

天蓝蓝的，一丝咸咸的海风拂过人的脸面，这是最适合出海的日子。

经过一年多的练习，阿洋和阿海的驾船技术已经愈发纯熟，他们驾驭的小船能够穿越几十海里的海域，抵达那些远离人烟的礁石和小岛。

阳光洒满大地，哥俩吃过早饭后，就迫不及待地奔向了海边。

阿海满脸期待地看着阿洋，用一种央求的语气说道："哥，今天我想去那个小岛上玩，咱们划远一点，好不好？"

阿洋本来想一本正经地逗逗阿海，说不能，但当看到阿海着急的样子，便忍不住"噗嗤"一声笑了起来。

"好吧好吧，哥不逗你了，咱们现在出发。"

阿洋拍拍阿海的肩膀，两人一同来到礁石后面，取出心爱的小船，朝着神秘的小岛进发了。

蓝天白云下，碧波万顷，在海风的吹拂下，小船如同离弦之箭，疾速破浪前行。两兄弟尽情享受着这份畅快，不知不觉间，远方小岛的轮廓已然清晰可见。

"哥，你看那边，岸边好像有一只小船哎！"阿海兴奋地指向远处，手指随着话语轻轻挥舞。

这个平时几乎无人问津的地方，突然出现了一只小船，这让阿洋警惕起来。他示意阿海要悄悄地上岸，并将小船妥善安置在隐蔽处。两人沿着礁石攀爬而上，然后顺着沙滩上的一串脚印，小心翼翼地向前走去。

阿海不解地问道："哥，我们为什么要这么谨慎？对方说不定也像我们一样，是来这座岛上玩的呢！我们可以大声喊几声，看他们在哪。”

阿洋沉稳地回应道：“出门在外，什么事情都有可能发生，小心驶得万年船，万一有什么意外情况发生，我们也好有个准备。”

看来阿洋大阿海三岁不是白长的，阿洋的经验相比起来还是更老道，也许是听叔叔伯伯们讲海上的故事多了的缘故。

五、无意中救了姐姐

拐了两个弯，转了三圈，终于看到了礁石后面的人。

其中一个头上罩着黑色头套，手被绳子朝后反捆着。另一个手持一把明晃晃的斧子，满脸凶悍，正在恶狠狠地威胁着头戴黑套的人。

“今天老九要是向你家里要不来钱，你就别想活着离开这里！”拿斧子的强盗语气狠辣，空气中弥漫着令人恐惧的紧张气氛。

目睹这一幕，阿海的心剧烈颤抖起来，他压低声音对阿洋说道：“哥，咱们还是悄悄回去吧。你看那人手里有斧子，多危险啊！”阿海的眼中流露出一丝恐惧与担忧。

阿洋却坚定地摇了摇头，他的眼中闪烁着坚毅的光芒，略带责备地对阿海说道："爸爸妈妈是怎么教育我们的？见义勇为是我们身为男子汉应有的担当，我们怎么能眼睁睁看着别人遭受威胁而无动于衷呢？"

阿洋的话让阿海心头一震，不禁低下头反思起自己的懦弱来。

阿洋提出了一个大胆的计划："我俩从礁石后面悄悄绕过去，我负责从后面抱住他，你趁机把斧子夺过来。"

面对哥哥的决心，阿海也鼓起了勇气，他紧握住阿洋的手，坚定地说道："有你在我身边，我什么都不怕。"

兄弟俩屏息凝神，小心翼翼地向目标靠近。阿洋手中抓了几颗小石子，在接近到合适的距离时，他精准地将石子丢到强盗面前，地面发出了一声清脆的响声。

"谁？"强盗惊疑不定。他完全没想到，在这个荒凉的孤岛上，竟会有人出现。

就在强盗分神的一刹那，阿洋如猛虎下山，从他的背后扑了上去，牢牢抱住了他。而阿海则犹如矫健的猎豹，飞身跃起，瞬间就将那把斧头夺了过来。

制服歹徒后，他们赶紧解开了人质头上的黑套。当头套揭开的那一刻，阿海和阿洋同时失声叫了出来："姐！"

原来，这个被劫持的人，竟然是他们的亲姐姐。

帮助姐姐化险为夷的经历让阿海深深体会到，帮助别人可能也是在帮助自己。阿海为自己刚才试图逃避的行为愧疚不已，姐弟三人紧紧相拥在一起。

六、阿洋随船队出海

出海的渔民们回来了，每个人的船里都装满了鱼，鱼篓里的鱼都闪着银光。前来迎接的家人，脸上都洋溢着开心的笑容。

阿洋看到这场景，心中燃起一股强烈的欲望，他希望下次也能成为他们中的一员，带着装得满满当当的鱼篓回家，让妈妈为他骄傲。

晚上吃饭的时候，阿洋怀着忐忑不安的心情，询问妈妈下次是否可以让他和渔民汉子们一起出海。他小心翼翼地将自己的想法告诉了妈妈，妈妈听后，毫不犹豫地答应了阿洋，眼中同时闪过一丝欣慰。

妈妈道："好孩子，妈妈以前不让你去，是怕你遇到危险。我知道你这一年多来，每天都在练习驾船，你已经能熟练掌握划船的技巧了，所以妈妈现在很放心你出海。"

阿洋听了妈妈的话，高兴地笑了。

妈妈看着阿洋，心中五味杂陈。她知道阿洋已经不再是小孩子了，他已经有了自己的翅膀，可以飞向更广阔的天空，但她还是忍不住叮嘱道："阿洋，你要记住，无论遇到什么困难，都要勇敢面对，保护好自己。"

时间如白驹过隙，转眼几个月过去，汉子们又要出海了，海滩上聚集了许多送别的人。妈妈拉着阿洋的手，眼中满是担忧和不舍。

妈妈反复叮咛道：“阿洋，你一定要小心，平安回来。”

阿洋看着妈妈，强忍着泪水，点了点头。

阿海站在一旁，手中拿着一个用鹅卵石打磨而成的小吊坠。他对阿洋说道：“哥哥，这个送给你，希望它能给你带来好运。”

阿洋接过吊坠，心中暖流涌动。他知道，这是家人的支持和祝福，也是支撑他迈向未来的勇气和力量。

阿海是一点都舍不得哥哥走，但是他知道这是哥哥成为真正的男子汉必须迈出的一步。

七、海上最难忍受的是孤独

出海后的生活对于阿洋来说，真可谓一次全方位的成长洗礼。

如今，阿洋亲身踏足了那个曾经在岸边看起来有些遥远的小岛，才明白它仅仅是海洋世界中的一隅。在这无垠的海洋中，小岛更像是一座孤独的灯塔，为他们指引方向，也为他们提供暂时的休憩和庇护。

每当狂风骤起，大浪滔天，大海瞬间由慈祥的母亲变身冷酷无情的巨人。海浪一个接一个地扑向小船，如同巨人的拳头砸向脆弱的屏障。

海浪的每一次冲击，都像是对船员们意志和技能的严苛考验。而那些隐藏在暗处的鲨鱼，则时刻准备着对落水者发起致命的一击。

这样的时刻，每个船员都需要全神贯注，依靠平日练就的驾船技术，与大自然进行一场生死较量。

风暴过后，便是宁静如诗的海面。阳光穿透云层，洒在碧波荡漾的海面上，鱼儿悠然自得地穿梭其中，留下一道道银色的轨迹。

水鸟在海平面上起起伏伏，三五成群，翱翔在天空与海水交接的地方，它们的身影在光影中忽隐忽现，有时还伴随着清脆悦耳的叫声。

凉爽的海风轻轻吹过，在远离陆地的海洋上，渔民们的工作不仅仅是与海浪搏斗、辛勤劳作那么简单，更多时候，他们需要与心灵深处对亲人的深深思念进行斗争。

相比于身体上的辛劳，那种源自内心的孤独感才是最让人难以忍耐的。

长时间的海上漂泊，与外界隔绝，没有了熟悉的街巷人声，没有了家常便饭的香气，更没有了亲人陪伴的笑语欢歌……

这份孤独像一团厚重的阴霾，时常笼罩在船员们的心头，尤其是在漫长而又寂静的夜晚，只有风声和海浪声相伴，令人更加渴望亲情的慰藉。

出海的日子，好与坏无法一概而论，它是一本百感交集的航海日志。

有时，收获满舱的鱼能带来无比的快乐和成就感，喜悦之情仿佛可以冲破海天之间的距离，传递给远方的家人。

有时，遭遇恶劣天气，身心疲惫不堪，忍受风吹浪打和颠簸摇晃，那份艰难和挑战，时刻考验着硬汉们的毅力。

有时，单调重复的生活节奏又会让人滋生无聊之感，寂寞如同潮水般袭来。面对浩渺的大海，渔民们只能将心中的孤寂向海鸥倾诉。

船老大是最辛苦的，别看他每天沉默寡言，把头昂得高高的，一般也不跟人多说话，但他的心里却始终牵挂着所有船员的安危，他时刻都在警醒自己，一定把大家安全带回家。

八、出海的船队出事了

起风了，哥哥走后的日子，阿海觉得一下子没有了精神头。

哥哥在的时候，阿海并没有觉得有什么特别的。哥哥走了，阿海的心里总觉得少了点什么。隔壁邻居的孩子们虽然也会过来找他玩，但阿海总是提不起兴趣。

海里的浪开始翻涌，一层叠着一层。阿海静静地坐在礁石上，看着海面。其实，阿海已经是一个成熟的少年了。在哥哥出海的日子里，他每天都锻炼各种技能，现在他划船的熟练程度可能都超过了哥哥。他最大的愿望就是下次也能和哥哥一起出海。

“出事了，出事了！”突然，有人喊道。

从海浪里钻出三个人，看上去非常狼狈，面容上写满了惊慌，其中两人的身上还带着伤。

岸边的人赶紧跑过去，看到是出海的人，大家赶忙询问船队的情况。回来的人告诉大家，他们在回程的路上，遭遇了台风。

领队不幸遇难，大家一时没了主心骨，整支船队变得四分五裂。一部分人主张继续往回走，一部分人则主张找个岛屿避一避。

就这样，大家各自为政，乱了阵脚。只有这三个人回来给家里报信，商量如何营救大家。

听到这个消息，海边的村民沉默了，他们的心被忧虑和期盼撕扯着，每个人的眼中都充满了纠结与无奈。他们不知道现在该如何是好，一边惦记着出海的亲人，一边看看余下的人——都是老人和孩子。

晚上吃饭的时候，妈妈手中的筷子几次拿起又放下，

眼泪无声地滑落，阿海知道妈妈在惦记着哥哥，他也非常想念哥哥。他想劝劝妈妈，让妈妈不要太担心，可是又不知道该怎么说。

他想起族长对大家说的话：在家里的人，如果能去东海龙王那里，把定海神针借来，那大伙儿就有救了，拿着定海神针出海，就会风平浪静，可谁能过去取呢？

阿海想到这，鼓足勇气对妈妈说道：“妈妈，我想去东海龙王那里借定海神针。”

妈妈惊愕地看着阿海，半天才从嘴里挤出一个饱含担忧与不舍的字：“你……”

阿海坚定地说道：“是的，妈妈，我已经长大了，我要承担我作为一个男子汉该尽的责任，我要找回哥哥和所有人，给全村人带来平安。”

面对儿子坚决的目光，妈妈心中满是担忧与挣扎，她知道去东海路途遥远，有太多未知的事情，弄不好大儿子还在风浪里，生死未定，二儿子又前途未卜……她心里充满了犹豫。

阿海看着不安的妈妈，走过去抱住了她，他附在妈妈的耳边安慰道：“放心吧，妈妈，我一定会平平安安，把哥哥和大家都带回来。”

第二天清晨，阿海找到族长，详细阐述了他的计划。

族长听后，眼中闪过一丝赞许，他沉声对阿海说道：

“孩子，你的勇气和决心令人敬佩，但你要记住，在任何情况下，都要首先保证自己的安全。”

当太阳缓缓升起，全村人聚集在了海边，他们双手合十，为阿海祈福。在大家关切而期待的目光中，阿海驾着小船驶入波涛汹涌的海中。

九、借到了定海神针

阿海启程时，族长给了他一个古老的罗盘，罗盘古朴而神秘，阿海按照罗盘指示的方向，在经历了数日的风霜雨露及日夜星辰的交替后，来到了一个广袤无垠的岛屿。

岛上非常安静，椰树婆娑，高大挺拔，满眼翠绿之中，点缀着五彩斑斓的鲜花，它们在微风中轻轻摇曳，散发着淡淡的香气。

天空湛蓝如洗，阳光透过云层洒下来，宛如一个巨大的温室大棚，将整个岛屿温柔地包裹其中。

太美了，阿海从心里边不由得赞叹，可现在不是赏景的时候，救人才是他当下最重要的事。

他环顾四周，在一块巨大的岩石下面，一个深邃的洞若隐若现，上方赫然刻着“龙王洞”三个大字。

看到这三个字，阿海的心头涌上一股难以抑制的激动与欣喜，这几天来的艰辛跋涉、风吹日晒，在这一刻都显得无比值得。

他没有丝毫犹豫，也顾不得多想，一个猛子扎下去，便朝着洞口潜去。

洞口不是太大，但是越往里面，洞穴逐渐开阔起来。

在昏暗而神秘的光线映照下，透明如绸的水母、快速爬行的螃蟹、喷射墨汁的乌贼、悠然游弋的带鱼、慢悠悠的海龟、跃出水面的海豚、疾速穿梭的金枪鱼、挥舞着钳爪的龙虾……各种各样的海洋生物，纷纷出现在阿海的眼前。

周围的岩壁上附满了藻类植物，五颜六色，犹如一幅绚丽多彩的海底壁画，让人目不暇接。

翡翠般的绿藻，珊瑚般的红藻，宛如深海星辰的蓝藻，沉稳厚重的褐藻，螺旋状生长的轮藻，还有形态各异的珊瑚，摇曳多姿的海带，柔软细腻的海绵等。

还没有进入龙庭，仅在外围就能看出龙王府邸的非凡气派和庄重肃穆。

“你是干什么的？”一条鲨鱼挡在了阿海的面前。

原来是到了龙庭的门口，鲨鱼是今天的当值卫士。它庞大的身躯来回翻动，不怒自威。

面对这一切，阿海没有丝毫害怕，他一心只想着救人。

阿海道：“我叫阿海，我是来求见龙王的。”

鲨鱼回应道：“好的，你在门口稍等片刻，我去通报一声。”

看似凶猛的鲨鱼，对人的态度竟意外地温和。说完，鲨鱼径直游向龙庭深处禀报去了。

没过多久，鲨鱼就重新回到了洞口。它告诉阿海道：“龙王已经在大殿中等候你了。”鲨鱼说完这句话，又忠实地守在了门口。

阿海站在富丽堂皇的龙宫中央，看到坐在王位上的龙王，身披熠熠生辉的龙鳞甲胄，头戴璀璨明珠镶嵌的龙头冠冕，一双深邃如渊的眼睛中闪烁着智慧的光芒。

阿海毕恭毕敬给龙王鞠了一躬，然后把要借定海神针的来龙去脉详细说了一遍。他以为这一请求可能会遇到诸多周折，毕竟这定海神针是东海的镇海之宝，关系到整个东海的安危。

出乎阿海意料的是，龙王听完他的讲述后，并没有表现出丝毫为难或犹豫，而是微笑着让龙虾将军取来定海神针，送到了阿海的手中。

龙王缓缓地说道：“小伙子，我身为东海龙王，在守护这片海域的同时，帮人助人也是我最乐意做的事。”

阿海想不到龙王这么可爱，这么和蔼，他把定海神针放在腰带里，满怀敬意地向龙王深深鞠了三个躬，饱含着对龙王的感激之情。然后阿海向龙王告辞，出了龙宫。

十、出海的船队平安归来

时间就是生命，阿海现在满脑子想的都是怎么用最快的方法去救人。

再大的风暴，只要阿海手持定海神针出现，便会立即偃旗息鼓。

从远处看，原本电闪雷鸣、浪花飞卷、乌云密布的海面，在阿海驶过之处，瞬间变成了万里晴空，风和日丽。

阿海在心里一遍又一遍感念着龙王的恩德，救人一命胜造七级浮屠。有了定海神针，为阿海早日找到出海的亲人节约了大量的时间。

功夫不负有心人。通过海面上漂流的木板和衣物，阿海终于搜寻到了大家藏身的岛屿。

登上小岛，看到大家都在一起，阿海感到非常不解。报信的人不是说人们各自逃命去了吗？

原来，风暴过后，正当一部分人想往回走时，恶劣的天气又开始发威，海浪把大家冲得东倒西歪，根本没法正常前行，还有两个人不幸掉到了海里，是阿洋拼尽全力把他们救了起来。

大家把阿洋当成了主心骨，在阿洋的带领下，大家来到附近的这个小岛避难，想等到天气好的时候再做打算。

阿海看到阿洋的时候，阿洋正在一块石头上躺着，为了救人，他的腿在礁石上碰伤了。长时间的海水浸泡，使阿洋的伤口已经溃烂了，如果不及时治疗，他这条腿可能就废了，以后再也不能出海了。

弟兄两个相见后，紧紧地抱在了一起。阿海把取定海神针的事跟大家说了一遍，人们得知再也不会遇到狂风暴雨，很快就能回到家了，都高兴得又跳又叫。

在阿海的带领下，大家相互协助，顺利地回到了村庄。

海岸上站满了来迎接的亲人们，妈妈也在其中。阿海背着阿洋来到了妈妈面前，妈妈抚摸着两个儿子的脸，泪水不由得滚滚下落。

由于阿海及时找到了大家，阿洋溃烂的伤口因得到及时治疗，阿洋的腿痊愈了，没有落下残疾。

经过短暂的休整后，一切恢复如常，大家又开始出海捕鱼了。

身高三丈的巨人

大人国 《山海经》之海外东经

原　文 大人国在其北，为人大，坐而削船。

译　文 大人国在它的北方，那里的人体型非常高大，坐在船上用长竿撑船。

一、上山给奶奶摘果子

小溪和小牧正在山里赶路，他们准备摘一些果子献给奶奶。再过几天是奶奶的生日，可又脆又甜又大的果子长在西山顶上。

去西山的路途比较遥远，住在山脚的村民去一趟，起码得走一个多月。每天早晨天不亮就得赶路，月亮升起才能休息。

小溪和小牧是大人国的后代，身高三丈有余，走起路来脚下生风。村民行一月的路程，对他们来说，也就是一天的路程。

“哥，摘完果子，我再逮两只蜻蜓。”小溪用央求的语气对小牧说道。

“蜻蜓太好玩了，用绳子系住，牵着它飞，能帮我找到水塘。”小溪眨了眨眼睛，抖了抖眉毛，一脸得意的样子。

“好吧，我们捉两只就走，回去还有别的事要做，不能回得太晚。”哥哥小牧对小溪说道。

“好，我保证。”小溪高兴地跳了起来，他跳起来的时候，能看到路边树顶上的鸟。

腿长的好处不言而喻，大概也就是两个多小时，他们就来到了西山顶上。

西山顶上的花卉特别多，蝴蝶也多，风景优美，气候宜人，小鸟的叫声给这片寂静的山林又添了一点生气。

这里的果树沐浴着阳光，日照时间长，因此果子特别甜。

小溪和小牧各自摘了一筐，他们挑的都是又大又圆又红的果子，看得出两个孩子对奶奶的生日是用心了。

“哥，果子摘完了，咱们逮两只蜻蜓就回。”小溪说着便往湖边走去。

“好吧，咱们快去快回。”小牧说着也跟了上去。

这个湖叫鼓湖，它就像一面大鼓，湖水就像鼓皮，它的四面八方像圆桶一样围成一圈。湖面波光粼粼，水汽朦胧。微风吹过，水里的芦苇轻轻摇摆，仿佛爱捉弄人的小孩，憋着一脸坏笑，看蜻蜓点水，起落飞舞。

蜻蜓很多，一只又一只，小溪左扑一下，右扑一下，来来回回，左右跑动，一只也没有逮住。他想可能是因为自己不专心，于是就看准一只，全力以赴，手在空中画了一个圈，手里便多了一只蜻蜓。看来做事得一心一意，不能三心二意，不然的话，只会一事无成。

“那是什么？”随着小牧的一声尖叫，小溪朝小牧手指的方向望过去。只见在一棵美丽的大树下，躺着三四个村民，还有野牛和野鸡。

为什么会有这种事情发生？小溪和小牧一脸茫然。

二、用树干去救人

那棵树太美了，挺拔的树干高耸入云，分出的枝丫婀娜多姿，满树的红花。树枝和树叶向四面延伸，围成一个像大房子一样的伞盖，旅途劳累的人，看到后都会到树下乘凉。

小溪和小牧看到躺在地上的人，心里的第一个想法就是救人。

两兄弟向大树走去，大约在离树冠一百米的时候，小溪的脚趾开始发痒，每往前走一步，脚痒的程度就增加一点。

小溪的脸色一变，大声喊道：“不好，前面有毒，危险。”他的声音因为紧张与警惕变得异常洪亮。生怕晚一秒，就造成无法挽回的后果。

小牧道：“是的，我也感觉到了。”听到小溪的呼喊，小牧停下了脚步，他闭目凝神，用心去感知周围的环境变化。大人国的人对危险有天生的感知力，他们脚底的神经就是感知的触点。

“怎么办？”两人用无声的语言询问着对方。哥俩你看着我，我看着你，都想从对方的眼睛中寻找到答案。

沉默片刻，小溪在自己的脑袋上拍了拍，对小牧说道：“我有主意了。咱们找两根长树干，用绳子绑起来，伸到那边拨弄一下看还有没有活着的人。这样既不用靠近树底下，也能把事情办了。”

“好，这个主意好。”小牧给小溪竖起了大拇指。

说干就干，两个人找了两棵树，拔起来，又把枝杈全部去掉，然后用树皮搓成绳子，把两棵树干的顶端部分紧紧绑在一起，使其变成了一根一百多米长的树干。

这些事对于普通人来说，是不可能做到的，但是对于大人国的人来说，就像拿着两根筷子一样轻巧，兄弟俩轻松地就把树干绑在了一起。

小溪用树干翻到第三个人的时候，发现这个人在呻吟，心里一喜。看来还有人活着，可怎么把人救过来呢？兄弟俩又犯了难。

走过去肯定是不可能的，周围的毒可以把任何生物都放倒。

这时小牧说道："我们把树干的一头削尖，刺穿那个人的衣服，把他挑过来。"

小溪向小牧投去赞许的目光，他点了点头，道："可以。"

哥俩说干就干，从地上找来一块扁平的石头，利用石头一边锋利的棱角，不一会工夫，就把树干的一头削成了尖的。

小溪和小牧同时用力，成功把那个人从树下挑了过来。

过了一会，那个人睁开了眼睛，小溪便问他这里到底发生了什么事，他们是如何倒在树底下的。

三、救醒了中毒的村民

这个醒过来的村民告诉哥俩，他们是附近村子里出门打猎的猎人。

他们来山上追寻到猎物的踪迹，但当他们走到这儿的时候，人人都感觉浑身疲惫。突然他们看见一棵巨大的树可以乘凉，不由得非常高兴。

大伙儿来到树下，背靠着树干坐了下来，树上的花香沁人心脾。大家聊着天，想休息一会儿再走，却不知不觉都倒在了地上。好在这个村民的身体比其他村民强壮，小溪翻弄他的时候，他还有一点知觉。

人是离开了危险之地，也救过来了。小牧想让他站起来，但他浑身无力，根本站不住。

小溪这时突然想起，奶奶曾经说过，苹果树的旁边有一条沟，沟边的崖上有一股泉水，水是蓝色的，可以解毒，他连忙让哥哥小牧过去弄点水回来。

这棵树是什么时候长在这里的，在小溪和小牧的记忆里，完全没有关于它的印象，他们也叫不出这棵树的名字。

他们以前也来过这座山，但是山上有好多小道，弯弯曲曲，有的通向沟底，有的通向另一座山。

山上有各种各样的树木，有松树、柏树、楠树、杻树、檀树，还有橿树。但是不管怎么说，哥俩觉得不能再让人和动物靠近这棵树，以免再受到伤害。

村民喝了泉水，没过一会儿，毒就全部解掉了，他的身体又恢复了正常。

村民把一只手放在胸前，举着另一只手行礼，对小溪和小牧表示由衷的感谢。如果没有他俩的抢救，他现在已经失去了生命，家里的妻儿还等着他回去呢。

看到村民没事了，小溪和小牧也非常高兴。随后三人一起商量怎么处理这棵毒树。

四、用竹筒取水

三个人站在百米以外的地方，看着这棵郁郁葱葱、花香四溢的大树，还有树荫下那大片可供人纳凉的地方，怎么也不忍心把它砍掉。

有没有什么两全其美的办法，既不用砍树也能去掉其毒性呢？

三个人一筹莫展，小牧远远地围着树转了一圈又一圈，不知不觉已经转了三十圈。

“哥，你想到办法没有？再转我的头都快晕了。”小溪扭过头，一脸痛苦地问小牧。

小牧沉思片刻后说道：“我有一个办法。我们可以去将蓝色的泉水取来，洒在大树周围的地上，然后我们再用脚感应一下，看看这样是否能去除它的毒性。”

小溪听后眼前一亮，道：“我觉得这个办法不错，值得一试。那我们现在就过去取水吧。”

一旁的村民也附和道：“我也觉得这个办法好，如果能把树的毒性去除，对于我们附近的村民来说，真是莫大的幸运，真的要好好感谢你们哥儿俩。”

小溪连忙摆手道：“大家都生活在同一片天空下，你们好我们就开心，这是我们应该做的。”

三人不再言语，开始分工协作。取水的地方离这里有一段距离，不过这对于身强体壮的小溪和小牧来说，也就是一会儿的工夫，但对村民来说就不一样了，他得走好几天的路。

哥俩商量了一下，决定让村民留在原地警戒，提醒路过的人和动物不要进入这个范围。

没过多久，兄弟俩就来到了取水的地方。可问题又来了，怎么把水运回去呢？

这其实难不倒机灵的小溪，他提议道：“我们可以用竹筒来运水！”

他们又返回湖边的一块空地上，那里生长着一些竹子。他们用刀将竹子砍下来，并将其中的竹节打通，这样一根长竹子就成了一个可以盛水的器皿。

兄弟俩每人拿了好几根打通的长竹子，将水灌满。当他们扛起装满水的竹筒时，他们感觉到了竹子和水的重量，这让他们的步伐变得有些缓慢，无论如何也无法像空手走路时那样虎虎生风。

但只要想到也许这个方法既不会损毁树木，又能救人，他们的心中就充满了喜悦。这点辛劳对他们来说不算什么，为了拯救生命，一切都是值得的。

五、去除地面的毒性

有村民们看到翠绿的竹子在自行移动，感到十分诧异。当他们走近仔细看时，才发现竹子中间竟站着两个巨人。

这两个人来自大人国，他们的身高在村民眼中，就如同参天大树一般惊人，他们长得实在是太高了，仅仅一个跨步，就能跨过几米宽的河，这让村民们惊叹不已。

小溪和小牧把竹子放在地上，然后打开一个竹筒，把水洒在脚边的地上。他们试着踩着洒过水的地方往前走，脚趾果然没有感觉到痒痛。看来这个办法可行。

小溪和小牧继续洒水，当离树底还有五米时，他们明显感觉这水已经不能完全除毒，踩过后脚趾仍有微微的痒痛感，这说明越接近大树，毒性越大。

但这一切都难不倒兄弟俩，经过反复试验，他们先往地上洒一层水，再用木棍挖开一条小沟，然后在小沟里边放上水，这样就能让水更多地浸透到地下。随着水量的增加，毒性在慢慢消散。

兄弟俩在树底下转了几圈，发现脚趾完全感觉不到痒痛了，这棵树的毒性已经全部消除。最后，他们又用木棍把所有的小沟填平，好让过往的人走路舒适些。

村民和动物是感受不到这棵树的危险的，他们没有大人国的独特感知能力。

小溪和小牧年纪轻轻，拥有着一颗善良的心。在救人的过程中，他们展现了超出他们年龄的勇敢和智慧。

他们没有丝毫的犹豫和退缩，全力以赴投入救援行动中，换来了日后村民和动物们的生命安全。

做好事不留名，是大人国的美德。

小溪和小牧没有将这件事当作炫耀的资本，他们认为这是自己应该做的事。

回到家里，他们对谁也没有提起，连最疼爱他们的奶奶也没有告诉。他们的心中充满了满足和平静，仿佛什么事情都没有发生过。

六、用斧子砍掉了害人的树

时间过得很快，转眼间两个月过去了，奶奶的生日已经过去了。那次生日过得很隆重，大家都很开心。

有一天，小溪看着窗外的湖面，眼神中带着一丝忧虑。他转向哥哥小牧，道："哥，我想去湖边，你陪我一块儿去好吗？"

小牧正在屋子里擦桌子，听到小溪的话，回应道："好啊，你想什么时候去？"

小溪高兴地说道："明天，明天吃了早饭咱们就走。"

小牧点头答应了。

第二天，微风轻拂，明媚的阳光懒洋洋地照着万物，两个孩子又蹦又跳，一路上说说笑笑。

走着走着，小溪突然停下脚步，看着小牧说道：“哥，我想捉蜻蜓其实只是个借口，我真正的目的是想再回湖边看看。”

小牧微笑着回答道：“我知道。”

小溪有些惊讶，反问道：“你知道什么？我都没说去看什么？”

小牧打趣道：“我知道你要去看那棵大树，看它现在是什么情况。我也想去看看，所以你一说我就知道你要干什么。”

兄弟俩相视一笑，原来彼此早就心有灵犀。人心情好的时候，做什么事都觉得顺畅。两个小时的路程，不知不觉很快就到了。

“哥，你看。”还是小溪第一个叫了起来。他们看到树下有动物的尸体，不知道是怎么回事。他俩走到树下，也没有发生脚趾发痒的事。

小牧仔细观察后说道：“是树叶，是树上的叶子掉下来，把这些动物伤着了。”

他指着动物身上的黑色斑点，解释道：“这些明显是树叶的印子，看来这棵树还会伤人。”

他们抬头看着这棵枝繁叶茂的大树，实在有点不舍得，可是如果不砍掉它，不知情的路人就还会受到它的伤害。

经过商量，兄弟俩决定返回村子，取斧子砍掉这棵大树。

取来斧头后，小溪和小牧并没有急于动手。他们先找来了一棵笔直而坚硬的长树干，将其削砍成合适的长度，制作成了一个坚固耐用的斧柄。

准备工作就绪后，兄弟两人小心翼翼地避开大树树冠，站在安全距离之外，防备可能飘落下来的毒树叶。

阳光照射在斧头上，反射出耀眼的光芒，兄弟俩的决心与勇气也如同这光芒一样耀眼。

每一次手起斧落，都伴随着一声清脆有力的撞击声，原本繁茂的枝丫和鲜艳的花朵，在斧头的猛烈冲击下，纷纷无力地从空中掉落，整棵树被砍成了光秃秃的树干，这样就没有人再到树下乘凉了，也不会有人再受到伤害了。

兄弟俩还用整整一上午的时间，把树枝、树叶进行了深埋，做得干净利落，绝不留下任何安全隐患。

砍掉这棵树让兄弟俩非常高兴。一切都处理好后，兄弟俩还不忘去湖边逮了两只蜻蜓，然后才扛起斧子回家去了。

七、那棵树又重新枝繁叶茂

前厅内人声嘈杂，好几个族人跑了过来，个个面露紧张之色，嘀嘀咕咕跟族长爷爷说着话。

小溪和小牧刚刚从水塘玩耍回来，他们上次带回的蜻蜓成了他俩找水塘的导航仪。兄弟俩想找水塘的时候，就用线把蜻蜓系住，再把线的一头缠在手里，一人一只蜻蜓，兴冲冲地出去玩耍。

两人回到各自的房间后，小心翼翼地将蜻蜓放好，然后怀着好奇的心情，悄悄地来到前厅的窗户下，试图探听屋内的谈话内容。

只见一个村民正焦急地说道："族长，我们今天外出时，路过一棵大树，发现树下有死去的路人和动物，你看咱们该怎么办？"

躲在窗外偷听的小溪和小牧听到这个消息，心中瞬间激起层层波澜，他们对视一眼，满是困惑与惊愕。

他们清楚记得，半个多月前，正是他们亲手砍掉了那棵会伤人的大树，可为何现在又出现了同样的问题呢？

意识到事情的严重性，他们不再犹豫，果断走进屋内，将自己亲眼所见、亲身经历的事情详细地告诉了爷爷。爷爷听完他们的讲述，严肃地点了点头，显然也意识到了事态的诡异之处。

正如古老的俗语所说：“皮裤套棉裤，必定有缘故。”被砍掉的大树竟然在短时间内恢复生机，枝繁叶茂如初，这其中肯定隐藏着不为人知的秘密或难以解释的异常现象。

爷爷当机立断，决定召集全族的精明能干之人，组成一支调查队伍，分头去探寻真相。

过了三天，族里的探查队伍归来，他们向族长详细报告了调查结果。原来这一切诡异现象的幕后黑手，竟然是幽冥国的人。

这个国度位于地底深处，终年不见阳光，其中一部分人渴望生活在地上。为了实现这一目标，他们利用邪恶的法术，将灵魂注入大树根部，当有旅人或动物靠近时，便通过树干吸收其生命力，以此来增强自身的灵力。

那棵曾经被砍倒的大树，尽管小溪和小牧已经把枝干彻底伐除，但其深深的根系依然盘踞在大人国与幽冥国的边界之间。

幽冥国人见状，便用特殊的方法为这些残存的树根，输送了大量的营养物质，使它们得以在短时间内迅速恢复活力，这棵树很快便恢复枝叶茂盛，繁花盛开。

弄清楚了事情的真相，族长决定让全族的人一起去把树根挖出来。

爷爷把小溪和小牧叫到他的房间，告诉他俩：“看问题不要被其表面现象迷惑，做一些无用功，而是要找到问题的关键所在，只有抓住了问题的关键，才能从根本上解决问题。”

就像这次，他俩虽然把树干砍了，但是没有把根彻底刨除，树上的叶子和花朵很快又全部长出来了。

他们听了爷爷的话，点了点头，明白了这个道理。他俩摩拳擦掌，对爷爷说一定会把树根挖起来，让它再也不能害人。

爷爷微笑着点点头，对他俩说道：“好孩子，我们一块儿去，一块儿去把这害人的树根挖起来。”

八、大伙儿合力摧毁了树根

在一个阳光明媚的日子，族长爷爷带领着全族的青壮年，浩浩荡荡地向那棵神秘的大树出发了。

爷爷细心地叮嘱每一位挖树的人，让他们头戴斗笠，身披蓑衣，以防树叶掉落在身上时可能带来的伤害。

大家围着大树有序地围排成一个圈，铁锹挥舞间，泥土翻飞，不一会儿，盘根错节的树根便逐渐暴露出来。一个族人猛地用铁锹拍断树根，奇怪的是，一眨眼的工夫，断开的树根又连在了一起。

又一个族人用斧头把树根砍断，还没有来得及把砍断的树根拿走，眨眼的工夫，树根又都连在了一起。

树根在地下盘根错节，它延伸的地域之广，超过了人们的想象。

面对这一困境，族长爷爷连忙召集众人商量对策。经过一番激烈的讨论后，大家一致决定采用火攻，希望能彻底消除这棵顽强的大树之根。

明确分工后，一部分族人继续挖掘树根周围的土壤，另一部分则砍伐木材准备引火，还有一部分负责点火和起根。很快，大树的根系大面积裸露在外，一捆捆劈好的木材堆积在了树根上，但当人们每次点燃绒草扔向柴堆时，火苗都无法成功点燃木材。

人们又同时从不同方向，把点着的绒草扔向木柴，可还是没有一个地方点燃。经过一番查探得知，原来是幽冥国的黑衣人潜藏在树根缝隙中保护树根，他们施展特殊的技能，在树根被斩断的瞬间将它复原，在火源接触木柴的瞬间把火扑灭。

“怎么办呢？”正当大家一筹莫展之际，机智的小溪跑来向族长爷爷献计。“我有个办法，爷爷。我们不妨多铺些绒草在木柴上面，尽量铺得厚实一些，然后再尝试点火，看看效果如何。”

厚厚的绒草如毯子般覆盖在了木柴上，待绒草点燃后，熊熊烈火瞬间蔓延至木柴，伴随着一阵阵凄厉的哀号声，隐藏在树缝中的幽冥国黑衣人现出了身形。

在强烈的火光照射下，这些平时如同空气般的隐形影子人瞬间无处遁形，当火苗聚集成炽热的火球时，他们再也无法扑灭火焰。

有的影子人为了自保，躲藏在狭小的缝隙中，企图避开烈焰，不想这却反而成了阻碍他们逃生的枷锁，导致他们最终葬身火海。大火如狂魔般吞噬了树根，不久便将其炼成了灰烬。

大伙趁热打铁，迅速将树坑填满石头，并在其上覆以泥土，一条崭新宽阔的道路就此向前延伸。湖边这条路终于恢复了往日的宁静与和谐，村民们再次过上了安宁的生活。

獠牙兽当康

当 康 《山海经》之东山经

原 文 又东南二百里，曰钦山，多金玉而无石。师水出焉，而北流注于皋泽，其中多鱃鱼，多文贝。有兽焉，其状如豚而有牙，其名曰当康，其鸣自叫，见则天下大穰。

译 文 再往东南二百里，有座钦山，山中蕴藏着丰富的金属和玉石，却没有石头。师水就发源于这座山，然后向北流入皋泽，水中有很多鱃鱼，还有很多色彩斑斓的贝壳。山里有一种野兽，外形像小猪却长着呲出来的大獠牙，它的名字叫当康，它的叫声就是自身名字的读音，它一出现就预示着天下要大丰收。

一、寺庙里派人请柳师傅

在深山里，有一个被层峦叠嶂环抱着的小村庄，村里的村民世代以雕刻石头为生。

常言道：“靠山吃山，靠水吃水。”山里边多的是石头，村子旁边就是采石场。一部分村民上山开采石头，一部分村民在自家的院子里雕刻石头。他们会根据石头的大小和形状，雕刻出各种精美的佛像、动物以及用于储水的池子等。

柳师傅是这群工匠里面手艺最为精湛、脑子最为聪慧的人，他雕刻出来的东西栩栩如生。

有一天，山上寺庙里的一位住持派人找到柳师傅，对他说道："前两日，寺里僧人在后山种地时遇到大雨，发现了一个山洞，便进入洞中避雨，无意中发现了一道石门。他们尝试了多种办法，都无法打开这扇门。现在他们想请您过去看看能不能打开这扇石门，如果打开了，寺里会重重答谢您。现在外地过来的难民越来越多，如果里面有宝藏，就能帮助更多的难民维持生活了。"

柳师傅思考片刻后，答应了住持的请求。

寺庙距离这个村子大约有十里地，柳师傅吃过早饭之后，带着两个徒弟，大概走了两个小时，终于到达了目的地。住持让寺里的两个小和尚带着柳师傅师徒三人来到了山洞。

山洞很大，里面非常宽敞。洞中到处都有雕刻过的痕迹，看来有人在这里居住过，但从这些雕刻的痕迹来看，那应该是很久很久以前的事了。

洞内还有许多小洞，大多数洞口的高度有一人高，往里面看去，黑乎乎的，什么都看不到。只有其中一个洞口安装有一扇石门，没人知道石门内是什么。

山洞外面生长着许多爬藤植物，如果不是偶然的发现，一般人真的很难注意到这里有个洞口。

二、石门无处下手

尽管洞里的光线十分昏暗，却还是能依稀辨认出事物的轮廓。柳师傅仔细查看着，石门看上去光秃秃的，门面上并无繁复的雕饰和图案，只留有锤子砸过的痕迹。

柳师傅心想，自古以来，石头这种坚硬的东西，往往只能凭借人力与錾子、锤子的配合，一寸一寸地慢慢破开。

他让徒弟们取来几根大錾子，找准位置后，一人稳稳地扶住錾子，另一人则挥舞起沉甸甸的大锤，奋力敲击。

然而，无论他们怎么使劲，锤子和錾子在石门上都只会留下一个小白点，石门丝毫没有被撼动的迹象。按照这样的进度，不知要到何年何月才能打开这扇石门。柳师傅感到有些困惑。

一上午很快过去了，快到中午的时候，庙里的住持差遣僧人过来询问石门开启的进展。柳师傅道：“暂时还无法打开，还需要时间再好好研究。”柳师傅虽然表面平静，但他的内心却涌上了一丝无奈。

僧人听后，提议道：“那我们现在先回寺里吃午饭吧。”

柳师傅点头应允，回答道："好的。"

在回程的路上，柳师傅反复思索着这个问题，深感人有时会被惯性思维束缚，陷入一个固定的思考模式，遇到问题便再不会想到别的办法来处理。这种固定的思维，有时候往往就是导致失败的原因。

回到寺庙后，徒弟体贴地对柳师傅说道："师傅，您先回房间开锁歇息一下，我去打盆水来给您洗手，洗完手咱们一起去用餐。"

这一句"开锁"，如同一道灵光乍现，在柳师傅的脑海中闪烁起来。

他突然想到：不管什么样的门，人们在建造的时候，必定会设计解锁机关，那么只要找到并启动这个机关，不就能轻易开启大门了吗？

他想，要打开这道石门，应该也是这个道理，自己先前局限于传统的破石门的方式，没有从另一个角度去思考问题。这一瞬间的顿悟，让柳师傅打开了心结。

三、找到瞬间开启石门的开关

这座寺庙规模不大，前后共有五六处院子。寺庙里有二十多名僧人，还有一名四十多岁的住持方丈。

在其中一个院子里，有三四十个难民，他们都在等待着住持的安排，帮他们解决吃饭和睡觉的问题。

柳师傅见到住持后，说道：“师傅好，上午石门没有打开，我下午再试试别的办法。只是咱们寺庙里怎么会有这么多的难民？”

住持回答道：“他们的家乡去年遭遇了干旱，许多地方颗粒无收。现在他们的家里已经没有吃的了，迫不得已才背井离乡，一路逃难就到了这里。救人一命，胜造七级浮屠，我暂时先安排他们住在这里，但我听说还有不少难民正往这走呢。”

柳师傅道：“师傅大慈大悲，好人有好报。阿弥陀佛。”

住持道：“帮助他们是我寺上下该尽的本分。巧的是，正好僧人们发现了这道石门，如果门内有什么宝物，那就真是救了这批受灾受难的人。”

柳师傅躬身道：“放心吧，师傅，我会尽力的。”住持合掌给柳师傅回了一个礼。

下午，柳师傅和徒弟们又来到了洞里。他先让徒弟们沿着门缝用錾子砸，但还是一无所获，石门依旧纹丝不动。他站在石门前，一边琢磨着开锁机关所在，一边用手反复在石门上来回摸索，脑子里一遍一遍地演练开锁机关的位置。其实，人一旦学会从不同的角度想问题，那他离成功就近了一步。

柳师傅想，石门两边是山洞的山体，石门完全嵌入其中。那么，现在只有石门下面可能有机关。

石门门口这条路全是用鹅卵石铺就的，大小不一的鹅卵石被泥灰浇铸后，瓷瓷实实地排列着嵌入其中，用大锤也锤不开。

柳师傅感觉自己很快就要找到问题的症结了，他开始对着一排排不规则的鹅卵石研究起来。

他把手放在鹅卵石上，挨个触摸鹅卵石的表面，当他触摸到一颗手指头大小的鹅卵石时，他发现这颗鹅卵石能动，它的位置比别的鹅卵石低一点点，如果不是仔细触摸，别人是不能轻易发现的。

柳师傅把手放在那颗鹅卵石上轻轻一按，石门打开了！

四、洞里有一个怪兽

两个徒弟看到师傅打开石门的瞬间，惊讶得下巴都快掉地上了。

他们觉得自己的师傅真是绝顶聪明，竟然能发现如此隐蔽的机关。

两人兴奋地想要往里冲，柳师傅连忙叫住他们，提醒道："不要往里闯，里面的情况咱们还不清楚，先在外面观察一下再说。"

一个徒弟回答道："好的，师傅。"

柳师傅让两个徒弟找来三根结实的长木棍，各自拿在手中，以防万一。

他们小心翼翼地前行，走了大约二十米，便看到前面地上有许多堆叠在一起的玉石，有一间房子那么大。一个徒弟狂喜道：“发财了！发财了！”

这时，传来一阵“当康、当康”的声音。只见一个像小猪一样的动物出现在他们面前，它长着长长的大獠牙，锋利的牙齿露在嘴唇之外。它正站在洞里的河道中，嘴里还叼着一块鳋鱼。

听到人的脚步声，它猛地从河水里跃上地面，其中一个徒弟吓得棍子都掉到了地上，另一个徒弟也扭头就跑。趋利避害是人的本性，柳师傅看到这种光景，也跟着徒弟们一起跑了起来。

三人在慌乱中撒腿狂奔，不一会儿就跑出了石门外。柳师傅扭头向后看了看，发现那个怪兽并没有跟出来，他急忙放下石门的机关，锁住了洞口。

三人喘着粗气，惊魂未定。歇了五六分钟，一个徒弟看着柳师傅道：“师傅，那个怪物好可怕啊！嘴上长那么长的獠牙，那叫声就跟说话一样，‘当康、当康’的，一看就是凶兽。”

柳师傅对徒弟说道：“现在，当务之急是回去告诉住持，石门里面确实有宝物。同时还要告诉他，里面有一

个像猪一样的怪兽，请他带点人过来。”

徒弟回答道：“好的，师傅，我现在就去通知住持。”

五、石匠师傅给住持报喜

越来越多的难民陆续来到寺院，一个僧人对住持方丈道：“师傅，我们这么小的庙，却来了这么多难民，我们无法救济所有人。再这样下去，我们也快支撑不住了。”

住持望着席地而坐的难民们，他们一个个面黄肌瘦、蓬头垢面。住持沉思片刻后说道：“我们能坚持到什么时候，就坚持到什么时候。现在救人是最要紧的，其他的一切随缘吧。”

听完住持的话，僧人也没有再说什么，合掌给师傅行了一个礼，念了一句“阿弥陀佛”，便去忙自己的事了。

这时，小和尚来报：“师傅，石匠师傅回来了，他说有喜事来报。”住持一听，倍感欣喜，对着大殿念了一声“阿弥陀佛”，便吩咐让小和尚把石匠师傅请到他的禅房。

石匠把事情经过向住持说了一遍，住持又惊又喜，惊的是有怪兽出现，如此就免不了打斗从而出现伤害；喜的是有宝物，可以卖钱救济更多的难民。

报信的石匠师傅建议住持多带点人，拿上棍子和铁锹，大家合力把那个怪兽制服，这样就能拿到玉石了。

住持听完后，沉默了片刻，道："我们先一块儿过去看看什么情况。"

住持从难民中选了三四个青年，又从寺庙里带了六七个僧人，然后一起朝山洞走去。

来到山洞里，住持同柳师傅详细讨论了进入石门后的应对计划，住持又嘱咐众人各司其职，不要慌乱，统一听从柳师傅的指挥。大家齐声说道："好！"

六、怪兽守着玉堆

柳师傅开动机关，石门打开了，大家走了进去，他们的手里都紧握着木棍，生怕怪兽突然蹿出来伤人。

年轻力壮的年轻人走在前边，中间是柳师傅和住持，后面是其余的人。

在离玉石还有十来米远的地方，大伙儿看到玉石旁边躺着一个怪兽，它满嘴獠牙，锋利的牙齿看上去十分恐怖。

人们按照常理去想，守护财宝的一般都是凶兽，这个怪兽又长着满嘴恐怖的獠牙，无疑就是凶兽。现在人们的心里只想着利用众人的力量，用木棍将其打死。

住持见到洞里的玉石，心里有了底气，他认为这是上天的恩赐，再也不用担心没钱接济难民了。想起难民们受苦的样子，他的心里就好痛好痛。他想，只要能把难民们安顿好，让他做什么他都愿意。

看到大家都想合力打死这个怪兽，住持的慈悲心使他无论如何都不忍心对生灵下手，因为佛家讲究的是善缘。想到这儿，他对着大家说道：“我知道大家都害怕这个怪兽伤人，但是我希望大家只要合力将它撵走就行。以前咱们谁也没见过这种动物，它是好是坏谁也说不清楚。”

听了住持的话，大伙儿心里虽然一万个不愿意，但也只能听命行事，他们心里始终觉得这就是一个恶兽。所以，如果遇到机会，他们还是会毫不犹豫下手。

这个怪兽不知是睡着了，还是不把众人放在眼里，反正这么多人的脚步声都没有把它惊醒。大家心里想，危险来临都还一动不动，这个怪兽不是呆就是蠢。

众人一步步走到怪兽跟前，突然一个难民举起棍子，朝着怪兽狠狠砸了下去。只听见一声声“当康当康”，怪兽嚎叫着猛地站了起来，快速躲到一边，棍子落空了。原来这怪兽机警着呢，它跟大家对视着，从它眼睛里透出的仇恨让人不寒而栗。

大伙哗然，退后了十来步，跟怪兽僵持着，谁也不敢贸然向前一步。

七、怪兽的名字叫当康

柳师傅看到这种情况，心里想：我们的固定思维总认为，守财宝的就一定是恶兽，换个思维想想，也许这个怪兽是个好兽呢，把它误伤了那就太令人悔恨了。

跳出了固定思维，也就打开了心中的枷锁，柳师傅心里一下子敞亮起来。

柳师傅走到众人前面，说道：“很多时候，我们都自以为是，自认为是对的，可结果却是错的。你们都往后退退，我要单独跟这怪兽谈谈，出什么问题我一人承担。”

大家听了柳师傅的话，往后退了十来米。

柳师傅看着怪兽的眼睛，道：“我不会伤害你，你不要害怕，如果你能听懂我的话，你就点点头。”

听了柳师傅说的话，怪兽的眼神变得柔和起来。

柳师傅接着对怪兽说道：“如果我说得对，你就点点头；说得不对，你就摇摇头。你能做到吗？”

只见那怪兽对着柳师傅点了点头，柳师傅心中大喜。看来这个怪兽是通人性的，是我们错怪了它。

“你是在这里守护财宝吗？”只见怪兽摇了摇头。柳师傅又问：“那你为什么会出现在这里呢？”

怪兽猛地跳下河道，从河里抓出一条鳝鱼放在地上，意思是告诉柳师傅，它喜欢吃这种鱼。

这个时候，一个难民小伙也走了出来。小伙说道：“柳师傅，我知道这个动物叫什么了。我爷爷是个老学究，我小时候经常听他讲故事。通过你刚才和怪兽的对话，以及它放在地上的鱼，我突然想起了爷爷跟我讲过的故事。

“这个怪兽叫当康，它发出的声音‘当康、当康。’其实就是在叫它自己的名字，它是一种吉兽，它出现在哪里，哪里的庄稼就会大丰收。”

大家听了这个小伙说的话，感到非常惊讶。

小伙又问柳师傅道：“我能跟当康说几句话吗？”

柳师傅道：“当然可以。”

小伙子对当康说道：“你睡在玉石上，是因为喜欢它的凉爽吗？”当康听完，点了点头。

这个时候，住持也对着当康双手合一，念了一声“阿弥陀佛”，道：“远处发生了旱灾，好多难民逃了过来，为了生存，大家需要挖掘玉石，换钱救济难民，我们要把这玉石取走，可以吗？”

当康对着住持点了点头。

转换思维后，一场争斗被成功避免了，换来了双方的安乐。

大伙儿都高兴地鼓起掌来，当康听到大家的笑声，也发出了愉悦的声音，“当康、当康”。它还扭了扭屁股，惹得大家哈哈大笑。

八、难民得到了妥善安置

柳师傅巧妙打开石门，寻到宝物，住持救济难民以人为本，一时间在当地传为佳话。柳师傅和住持也成了非常要好的朋友。

寺庙里的难民虽然不少，但在住持的带领下，大家展开了自救。

一部分人跟着柳师傅学手艺，柳师傅耐心地把自己的技术传授给他们；一部分人在寺庙的后山上开垦了土地，种上了应季的瓜果蔬菜。

住持又在离寺庙不远的地方找到一块土地，为大家盖起了一排临时居住的房子。自此，难民们吃穿住的问题都得到了妥善解决。

玉石的发现不仅解决了难民们的生存问题，也给寺庙带来了收入。

当康对玉石有天生的感应力，它沿着河道往前走，一边吃着鱃鱼，一边又找到了产玉石的地方。

吃过早饭，住持正在院子里散步，这时当康走了过来，它用嘴叼着住持的衣襟，拉着他就要往外走。

住持看到当康如此，连忙叫上两个僧人，跟着当康一块儿走了出去。

不大一会儿，他们又来到了洞前，现在这个洞已经有采玉师傅们在经营着，他们看到住持，纷纷行礼。

随后，住持带着三个僧人紧随当康进了石门。当康走在前边，住持及僧人们跟在后边。走着走着，河道边没有了路，全是山体。河道里黑洞洞的，让人非常害怕。

住持见前方没了路，正犹豫间，当康又扯住了他的衣襟，示意他跟它一块儿从河道里走。这次住持没有犹豫，跟着当康跳入水中。行了大约一里路，河道旁边又有了路，阳光从外边照进来，隐隐约约能看清路面。

他们沿着河道一直往前走，大概又走了两里路，在河道旁边，有一个更大的玉堆，有五间房子那么大，住持高兴得蹲下身子抱了抱当康，这真是顺其自然做事，福报接着福报。

当康现在已经成了人尽皆知的吉祥兽，它走到哪里，都会受到人们热情友好的对待。

晚上，它喜欢到柳师傅的屋子里来，听柳师傅给它讲故事，虽然当康不会说话，但是听故事听得津津有味。柳师傅会给它讲他怎么打磨一件石器，讲他雕刻完成时的喜悦，当康有时候也回应两声："当康、当康。"

秋天来了，当康出现过的地方，庄稼获得了大丰收。

赤胫人孙北

大幽国 《山海经》之海内经

原　文 有大幽之国。有赤胫之民。

译　文 这一带有一个大幽国。国里有一种小腿是红色的人。

一、大幽国的人住在山洞里

大幽国位于绵延几千里的大山上，那里的人民以穴居为主，住在山洞中。

每一座山都有一个首领，他负责管理大家的日常生活。人们喜欢用迷穀树的树叶串成裙子穿在身上。迷穀树的形状像构树，树叶上有黑色的纹理，还会发出亮闪闪的光，所以不管他们去哪里，都不会迷路。

山上的岔路口太多，如果不穿迷穀树树叶做的裙子，他们就会迷失方向，怎么找也找不到回家的路。

大幽国的人跟普通人相貌一样，只是他们的小腿是红色的。

这里有一座山叫灰灰山，灰灰山的首领叫孙轩。孙轩有四个儿子，大儿子叫孙东，二儿子叫孙南，三儿子叫孙西，四儿子叫孙北。

他们兄弟四人喜欢相互比赛，不论做什么，都喜欢分出个高低胜负，谁要是胜了，就奖励谁吃一块䳋鸟肉，这种肉干可以治风湿病。

大幽国的人常年居住在山洞中，山洞里没有阳光且阴冷，几乎人人都有风湿病，虽然这病不影响正常生活，但影响人们打猎的速度。

如果人在跑动的时候，风湿病突然犯了，身上就会很痛，有时痛得甚至连路都走不了。

吃䳋鸟的肉不仅能治病，还能预防风湿，于是䳋鸟肉干就成了最珍贵的奖赏。

可是䳋鸟非常狡猾，要想把它射下来十分不易。䳋鸟长得像猫头鹰，有三只眼睛和两只耳朵，它的叫声像鹿鸣。

䳋鸟的三只眼睛可以交替休息，不管黑夜白天，它总有一只眼睛是睁着的，它的耳朵能听到千里之外的响动，稍微有点异样，它就会马上飞走。

䳋鸟特别喜欢吃山蓟的叶子。山蓟是一种草本植物，高约六十厘米，顶部长有紫红色的花蕊。

在吃山蓟叶子的时候，䳋鸟的身心才会全部放松，也就是这个时候，猎人才有捕获它的机会。

可是要寻到这么一个合适的时机是非常非常难的，这也就是鴃鸟的肉之所以珍贵的原因。

二、孙北最后一个爬上山顶

吃过早饭，孙北在洞里来回跑了一会儿，觉得有些无聊，便开始四处寻找大哥孙东。孙东此时正坐在一块石头上，手里把玩着一块羊骨。这块羊骨是他去年在北坡上捡到的，造型非常好看，没事的时候，他就喜欢拿在手里把玩一会儿。

孙北跑到孙东身边，说道："大哥，今天天气好，咱们玩点什么去呀。"

孙东抬起头，看着孙北，问道："你想玩什么呀？"

孙北想了想，说道："我想去爬山，咱们比比看谁爬得最快，我肯定不会是最后一个！"他一边说着，一边吐了吐舌头，显得信心满满。

孙东笑了笑，说道："好吧，那你去问问你的二哥和三哥，看他们有没有别的事情，如果没有的话，看他们去不去。"孙东说完，微笑着看着眼前这个活蹦乱跳的弟弟。

孙北应了一声："好的！"然后转身一溜烟跑去找另外两个哥哥了。

没过多久，孙北又跑了回来，大声说道："大哥，二哥和三哥在洞门口等咱们了，咱们现在过去吧！”说着，他拉起孙东的手，向洞口走去。

今天的天气确实不错，清新的空气让人精神振奋，仿佛所有的烦恼都能被一扫而空。阳光洒在身上，温暖而舒适，让人心情愉悦。

兄弟四人决定爬上灰灰山的山顶，还是老样子，谁赢了就奖励酸枣大小的一块鴸鸟肉。

不一会儿，兄弟四人来到了山脚下，哥哥孙东一声令下，大家同时向山上爬去。刚开始，大家的速度都差不多，到了半山腰，彼此之间开始拉开距离。

哥哥孙东始终保持第一，一会儿孙南第二，一会儿孙西第二，一会儿孙北第二。弟兄四个谁都不甘落后，比拼着耐力和意志力。

在向山顶攀爬的过程中，不仅脚下要稳以防摔倒，还得拿捏力道的匀称。走得太快，一会儿就没力气了；走得太慢，差距拉得太大，又赶不上别人。既要不紧不慢，还要始终保持一定的速度，看上去很简单的事，其实也含有极高的技术成分。

兄弟们脸上的汗水不停地往下淌，看到山顶在望，大家咬着牙，拼命地向前。孙东第一个爬了上去，最后一个上去的是孙北。孙北的腿都有点软了，上山顶的那一刻都有点站不住了，但他已经尽力了。

孙北虽然爬到了山顶，但是他心里很不是滋味。兄弟里边数他年龄最小，但是他最想当第一，可不管他怎么努力，每次都是最后一名。

三、孙北没有打到猎物

兄弟四人在树林中比赛打猎，每人都拿着弓箭，看谁打的猎物最多。

几只赤鹫在岩石上悠闲地跳来跳去，它们丝毫没有察觉到危险的临近。孙北站在一块大石头后面，对着赤鹫拉开了弓，箭头顺着风“嗖”的一声飞了出去，只听得咯咯咯几声鸣叫，赤鹫跑到了一块更高的岩石上。

孙北气得骂自己没用，连只赤鹫都没射中，他连忙又抽出一根箭来，准备再射时，却发现猎物已经不见了。

他气得摇了摇头，暗自责备自己。不得已，只能把箭拿在手里，寻找下一个目标。

山的另一边是一片树林，林中全是构树，构树有十米多高，一棵一棵紧紧挨在一起。构树的果实像一个个红色的小球，点缀在绿叶中间，果肉甜甜的。说是果肉，准确地说就是花蕊形成的，它跟别的果子完全不一样。

孙北来到构树下，看到那红红的果实，忘记了刚才生气的事。他刚爬到树上，还没来得及摘取果实，就看到一只鹿跑了过来，后面悄悄追踪鹿的是二哥孙南。

在鹿站住的一瞬间，只见孙南的箭射了出去，鹿顷刻倒下了。

孙北还看到二哥的身上挂着两只兔子，他叫道：“二哥，等等我，我摘点果子马上下去。”

孙南点了点头，走过去看那只被他射死的鹿。

这时，另外两个哥哥也都走了过来，手里都提着各自捕获的猎物。孙北为了缓解自己的尴尬，从树上下来后，把摘得的果实分给哥哥们吃。

哥哥们谁也没有说什么，但孙北自己觉得特别不舒服，他发誓以后一定要练好箭法。

四、大伙儿逮到了怪鱼

灰灰山的大峡谷里有一条清澈的河流，河里有许多奇特的怪鱼，绿色的脑袋红色的身子，肉质鲜美异常，人吃了以后能增强体能。但是这种鱼游动速度极快，一旦察觉到周围有危险，就会像箭一样迅速逃离。

一天，大哥孙东告诉弟弟们，再过几天就是老爹的生日了，他提议给老爹献上一份特别的礼物。他提议大家合力去捉几条怪鱼给老爹庆生，大家一致表示赞同。

怪鱼在水里游得特别快，没有非常手段是逮不住的。

孙东让大家筑堤将河拦起来，然后在这一段水域中打捞，这样能防止怪鱼逃走。

然而，这样做的缺点是，这段被截住的河水里，是否有怪鱼存在还不得而知，他们只能尝试着捕捉。

兄弟四人分成两组，孙东和孙西一组，孙南和孙北一组，从两个不同的方向慢慢向中间合拢。

他们每人手持一根木棍，仔细搜索着，一旦看到怪鱼，就迅猛击打怪鱼的头部，使其昏迷，这样怪鱼就无法逃脱了。

怪鱼身长大约一米，只要发现水中有气泡冒出，就能大致判断出它们的位置。

就在孙东和孙西全神贯注地搜索时，孙东手里的棍子落了下去，怪鱼像箭一样向前射去。

孙南和孙北见状，也立即举起了手中的木棍。然而就在这时，孙北突然向后仰倒，掉入水中。原来是那条逃窜的怪鱼突然转向，狠狠地撞在了孙北的心口上，将他撞倒了。

幸运的是，孙北形成的阻力，使得孙南有了足够的时间，他用木棍击打怪鱼的头部，成功将其击晕。怪鱼失去了意识，浮出了水面。

孙北从水中站了起来，感到十分狼狈。

尽管哥哥们都在关心孙北的安危，但孙北心中仍然充满了愧疚和自责。

这次的意外让孙北深刻认识到，在面对未知的挑战时，必须时刻保持警惕，不能掉以轻心。

五、孙北想种植山蓟

老爹的生日到了，全家人围坐在石桌旁，兴高采烈地为他祝寿。大家端起酒杯，祝爹爹生日快乐，然后开心地喝起了酒。过了一会儿，老爹突然站起身来，满脸笑意地离开桌子，他要去取鴸鸟肉分给大家。

老二孙南说道："这个鴸鸟肉，什么时候我们才能想吃就吃，再不用担心什么风湿病，也不用总是惦记着它。"

老三孙西附和道："是啊，如果真有那么一天就太好了。再也不用为了一点鴸鸟肉争得头破血流，也不用担心有人因为风湿腿疼而走不了路。改天大哥带我们去周围的山上转转，争取今年能打一只回来。"

孙北听了哥哥们的话，心里暗自下定决心，一定要成功试验出自己种植的山蓟，让山蓟长满整个山坡。到那时，就不用再为捕捉鴸鸟而发愁了。

孙北喜欢种植花草，对各种花卉情有独钟，他喜欢研究它们、琢磨它们，对其他事情的兴趣就稍微少了一些。

他时常想自己是不是做错了，做什么事情都落在哥哥们后面，什么事情都做不好，他觉得以后不能再把精力放在研究花草上了。可每当这个时候，他就想起爹爹跟他说的话："每个人都有自己的特长，用好自己的特长，就能脱颖而出。不能放弃自己的长处，拿自己的短处和别人比较，那样只会让人失去信心。要做自己喜欢的事，那样终有成功的一天。"

老爹的话一直在孙北心里，他不断告诫自己，要用一种独特的方式收获成功的果实。

鴸鸟非常喜欢吃山蓟的叶子，如果能大面积种植山蓟，人们就可以守株待兔，再也不用为寻找鴸鸟而发愁了。

六、山蓟种子没有长出来

说起来容易，做起来难。孙北将山蓟的种子撒在土里，几个月过去了，却没有任何反应。

他将种子从土里挖出来，发现它们一点芽都没有发。看来，种植山蓟比种植其他花卉要困难得多，但这并没有磨灭孙北的信心。他又开始到处寻找山蓟，把它们的种子留下来，等到来年春天再种。

春天来了，柳树泛绿，出来觅食的鸟儿也多了起来，天气慢慢暖和起来了。孙北又找了一块向阳的坡地，种了一小片山蓟，看看今年能否成功。

种上种子后，孙北信心满满，隔几天就会过来看看。

他细心地给种子施肥浇水，同时留心观察着每天的气候。他担心下雨会把种子冲走，还挖了很多排水沟。

天气炎热时，他还在旁边搭了个凉棚，有时甚至晚上都不回去，以便照看这些种子。

然而，地里种的其他花卉都已破土而出，只有山蓟不见任何动静。

他想让山蓟长出苗来，想得都快疯了，现实却残酷得让他失望了。

他对自己也感到失望，疯狂地自责着。好几次，几个哥哥叫他一起出去玩耍，他都没有一点心思。

他开始喜欢一个人坐在山顶上，望着远处发呆，任凭山里的风猛烈地吹着他的脸颊。

他一次次播种，却一次次失望而归，他恨自己的无能，又不甘心失败。

他从山顶走下来，踽踽独行，来到自己种植的一小片花卉面前。那些五颜六色的花朵已经绽放，看上去令人赏心悦目。

可为什么山蓟总是长不出来呢？他苦思冥想，有好几次想要放弃，但他最终还是觉得要相信自己，不能因为一两次失败就放弃梦想。他想也许是自己的方式方法不对，一旦找到正确的方式方法，他相信自己一定能让山蓟的种子长出来。

他决定一个人出去闯闯，一定要找到种植山蓟的高手，弄明白山蓟不成活的原因。他的决定得到了全家人的支持。

七、寻找种植山蓟的方法

自信是成功的基石，如果一个人没有自信，那么他做任何事都难以坚持下去。

哪怕成功就在眼前，他也会因为缺乏自信而放弃所有的努力。因此，自信在一定程度上决定着一个人的成败。

一个人光有自信还不够，还必须要有毅力、耐心和顽强的斗志。

孙北上路了，路上他遇到的第一个困难就是孤独。

在家的时候，有父母和哥哥们的陪伴，每天说说笑笑、打打闹闹，时间过得非常快。现在一个人走在路上，漫长的山道望不到边，没有村庄，没有庄稼，也没有人跟他说话，没有人安慰他，受伤了也没有人帮他包扎，饿了也没有人给他送吃的。

有的只是无声的寂寞，甚至想吵个架都找不到人，那种长时间的孤独，只会让一个人压抑到崩溃。

好在孙北的心里一直燃烧着希望，他相信自己一定会找到种植山蓟的方法，与这相比，其他的一切也就显得微不足道了。

走着走着，他的脚底磨起了泡，每走一步都钻心地疼。他想起了父母对他的期盼，想起了几个哥哥对他的关心，还想起了自己的承诺。想着想着，疼痛感似乎也减轻了，浑身也有劲了。

功夫不负有心人，终于在一个下午，孙北来到了一个镇子上。他看到镇子里种植有好多山蓟，便去拜访了种植山蓟的高手，这才知道原来山蓟还是一种药材，有祛湿、化浊、止痛之效。

很多药农都种植山蓟，山蓟喜凉爽气候，怕高温和高湿的环境，喜欢黏土，不喜欢积水。

孙北把这一切都弄清楚后，高高兴兴地回家了。

八、山蓟种植成功了

又到了春暖花开的季节，孙北种植山蓟的行动获得了全家人的支持。

根据山蓟的特性，孙北找了一小块合适的土地，然后和哥哥们一起从深山里挑来了不少黏土，又把这块地都修成了垅，方便两边排水。

山蓟幼苗破土而出，第一步的成功让孙北欣喜若狂。

他像呵护孩子一样呵护着这些幼苗，拿着锄头勤快地锄掉地里的杂草。随着山蓟幼苗进入生长期，孙北根据药农分享的经验，不再用锄头锄草，而是用手拔除。

在高温季节，孙北又把树叶撒在山蓟苗周围，以调节地面温度。时间一天天过去，经过孙北的辛勤努力，山蓟逐渐长高长大。光滑的茎秆上长出了长椭圆形的羽状叶子，叶子的顶部是紫红色的花苞。

夏天日照时间长，天黑得晚，到了吃饭时间，大家陆陆续续都坐到了饭桌前。

孙东率先开口赞扬道："可以啊小弟，不声不响地，居然把山蓟种活了。"

孙南则满心欢喜地说道："这个好，以后就不愁打不到䲹鸟了，䲹鸟肉以后是想吃多少能吃多少。"

孙西更是感慨万分，道："别看小弟别的不太行，可单就这一项，他就是咱家里最大的功臣，他为我们解决了大难题。看来谁也不能小看谁，每个人都有他自己的长处。"

这时，老爹孙轩把碗放在石桌上，也笑着对大家说道："这就叫有志者事竟成。你们兄弟几个都是好样的，都有自己的长处，都是爹的好儿子。"

老妈端着碗，笑眯眯地看着这帮孩子，一会儿看看老大，一会儿看看老二，一会儿看看老三，一会儿看看老四。在她心里，每个孩子都是她的宝贝，她好像永远都看不够……

九、有节制地捕杀鴸鸟

村民们听闻孙北成功种植了大片山蓟后，都迫不及待地想要一睹为快。大家呼朋唤友一起前来，老人们互相搀扶着，孩子们蹦蹦跳跳地跟随，仿佛是一场热闹非凡的节日庆典。所有人都涌向了孙北辛勤开垦的那片土地，只为亲眼看看那成片生长的山蓟。

野生的山蓟人们都见过，但如此大规模地人工种植山蓟，大家还是第一次见到。鴸鸟捕捉起来十分困难，大家都知道鴸鸟肉的珍贵。

为了捕捉鴸鸟，每家每户都耗费了不少心血，有时候一年才能捉到一只。即使将其制成鴸鸟肉干，老人腿疼的时候也舍不得吃，而是攒下来给年轻人吃，因为年轻人还得出门干活，他们更需要鴸鸟肉。

如今有了这片山蓟地，山蓟就会引来鴸鸟吃它的叶子，人们只要守着山蓟就行了。大家都对能干的孙北赞不绝口。

一个老者感叹道："这孩子勤快，不知道吃了多少苦，才把这山蓟种活。他为了大家走那么远的路，去找种植山蓟的经验，真是难为他了。"

另一个老者附和道："这孩子平时不言不语，不爱多说话，可他踏踏实实做事，为大家做了许多未能实现的事，真是个了不起的孩子。"

大家一边观看开花的山蓟，一边你一言我一语地夸着孙北。

接下来的日子，孙轩组织了几个年轻力壮、擅长射箭的人，埋伏在山蓟地周围，等待鴆鸟的到来。

地里的山蓟一排挨着一排，静静地伫立在那里。虽然鴆鸟非常狡猾，稍有动静便会迅速逃离，但最终还是抵挡不住山蓟叶的诱惑。

只见一只鴆鸟飞了过来，它并没有立刻啄食山蓟的叶子，而是在旁边来回盘旋观察。它在地里徘徊了好一阵子，然后就飞走了。

大家都感到奇怪，正在疑惑间，只见那只鴆鸟又回来了，它的身后还跟着两只。

不一会儿又飞来两只，半小时的光景，就飞来了十来只鴆鸟。正当这些鴆鸟吃得津津有味时，箭镞疾速射向它们，一只只鴆鸟应声倒地。

从来没有一次性捉到这么多鴆鸟，大家欣喜不已。

在一片喜悦之中，孙北对大家说道："希望大家以后在捕捉鴆鸟的过程中，不要过度捕猎，要有节制地捕杀。这样才能像放水养鱼一样，既保护了鴆鸟，又让大家不为鴆鸟肉而发愁。”

大伙儿纷纷认同孙北的提议，对孙北的考虑充满了感激，赞赏他考虑周全，总能提出好点子。

附录

生僻字词注音解释：

yú hào
禺虢： 东海的海神。

huān
讙头国： 一个古代传说中的国家。

qiū
鰌鱼： 鱼名，在《山海经》中被描述为一种形状像鲤鱼，但头很大的鱼类。

当康： 古代神话中的瑞兽。

ráng
穰： 庄稼丰收。

gǔ
迷榖： 古代传说中的一种木本植物。

dài
鴃： 鸟名。

bì
赤鷩： 一种红色的山鸡。